中国书籍学术之光文库

废名简论

谢锡文 | 著

中国书籍出版社
China Book Press

图书在版编目（CIP）数据

废名简论/谢锡文著．—北京：中国书籍出版社，
2020.4

ISBN 978-7-5068-7830-2

Ⅰ.①废… Ⅱ.①谢… Ⅲ.①废名（1907-1967）—
文学思想—研究 Ⅳ.①I206.7

中国版本图书馆 CIP 数据核字（2020）第 061231 号

废名简论

谢锡文 著

责任编辑	陈元桂 李田燕
责任印制	孙马飞 马 芝
封面设计	中联华文
出版发行	中国书籍出版社
地 址	北京市丰台区三路居路 97 号（邮编：100073）
电 话	（010）52257143（总编室） （010）52257140（发行部）
电子邮箱	eo@ chinabp. com. cn
经 销	全国新华书店
印 刷	三河市华东印刷有限公司
开 本	710 毫米×1000 毫米 1/16
字 数	155 千字
印 张	15
版 次	2020 年 4 月第 1 版 2020 年 4 月第 1 次印刷
书 号	ISBN 978-7-5068-7830-2
定 价	93.00 元

前　言

在 20 世纪中国历史文化的现代转型中，废名的姿态近乎遗世独立。他没有像众多作家那样选择与历史主流共舞，而是以坚定的反进化论立场和反现代性叙事，铺展他对 20 世纪中国历史文化的人文主义思考。这种站在主流旁侧，不与时代为伍的边缘性姿态，使废名在 20 世纪中国文学史中一直处于被排斥和贬抑的地位，生前身后都忍受着"光荣的寂寞"。然而废名的意义或许正在这种边缘性的姿态中，当他以一个被历史推入边缘的新文学作家的独特视角，孤独而执着地关注着时变与永恒时，他为世人留下的"许多历史家忘记了写的那部历史"也就有了独特的意义和价值。

本书正是以废名所持守的现代人文主义立场为基点，审视在中国历史文化的现代转型中，废名坚持与理性主义、科学主义以及现代科技工商对生命与人性产生的异化力量相抗衡，并在此现代人文主义文化倾向的引导下，建立其魅力独具的艺术时空。本书力图通过对废名现代人文主义思想的深入解读，发掘隐于废名晦涩文本与多变文体背后的内在根基。

　　全书共分四章，第一章首先确认废名另类的文学书写所彰显的特异的人文姿态。在 20 世纪中国文学的现代转型中，废名小说以独特的人文主义视角，展开对乡村中国的文学想象，勾画出独具人文色彩的诗意田园和乡村大地上"月逐坟圆"的永恒生死。在废名的文学视界里，田园上诗意的栖居和生死间超然的坦荡，是中国传统文化中最具永恒价值的东西，在现代性的喧嚣中它们当被永久留存。于是，当同时代的作家随历史进步的激流挞伐现实时，废名却"对现实闭上眼睛"，以纯情写田园，以慈悲悟生死，在"纯"与"慈"的目光中，构建 20 世纪中国文学独特的反现代性主题。这一文学主题的思想根基来源于废名独特的宇宙观——反对线性进化的时间观，倾向于佛教既永恒又循环的时间观。在此立场上，他对 20 世纪无与匹敌的进化论思想提出坚决质疑和批判，指斥进化论不具有普遍的科学真理性，称其在社会道德领域乃是一个无端的妄想，并提出了反对唯科学主义的主张。在 20 世纪中国历史文化的现代转型中，废名以对中国传统文化儒家伦理以及佛学思想的强烈认同，构建了价值独立的边缘视域，在与主流文学的对峙性关系中，完成了他另类的文学书写。

　　由于废名的现代人文主义立场根植于其佛学信仰和儒学思想之中，本书第二章主要对废名的佛学思想予以解读。作为一位笃信佛学的现代文学作家，废名的佛学著作《阿赖耶识论》，长期以来或被认为"已亡佚"或被视作"有字天书"，鲜有学者问津，这便使得以佛学思想为背景的废名创作始终未能获得全面深入的解读与评价。本章通过对《阿赖耶识论》的全面解析，具体梳理了废名佛学思想的基本理路，确认废名所信并非如某些评论家所断言的是其家乡所传之禅宗，得大乘佛教空宗有宗之精要，得唯识学之精义，悟得阿赖耶识之真谛，才是废名佛学思想的基本理路，而这一思想脉络又是在与唯科学主义和新唯识论的论辩中渐次明晰的。

第三章主要探讨废名的儒学思想。1922 年至 1937 年，废名作为京城里的新文学作家，其思想与创作表现为会通儒佛，以佛学为主色调；1937 年至 1946 年，废名避战乱于黄梅，成为生活于社会底层的乡村知识分子，佛教的生命价值观已无法满足其对人间现实的思索，自幼濡染的儒学思想以根深蒂固的民间力量影响并重塑了废名的思想和人格，以良知为中心的道德主体成为废名这一时期和此后最重要的人格特征和生命进向。在废名的儒学思想中，对儒学宗教意蕴的开掘是其用力甚重的一笔。作为一个拥有着浓厚宗教情结的学者，废名在儒佛对比中发现，儒学乃入世的宗教，它在对天命的敬畏中构建宗教的超越之境，在现世伦理中完成由凡入圣的生命实践，在天人合一的追求中实现会通幽冥古今的至高境界。以宗教情怀解读儒学，废名的理解或有偏颇，却无疑深化了对儒学的认识空间。

第四章主要阐释废名的美学思想。与其游走于儒佛之间的思想理路相一致，废名的美学思想也是在佛教美学与儒家美学之间游弋。30 年代是废名文学创作和美学思想的高峰，悟得"人生如梦"的废名，在理论和创作上全面诠释了其佛教美学观。废名"梦"的美学经历了三个发展阶段。第一阶段是受波

德莱尔、莎士比亚影响，对"梦"之幻美的迷恋；第二阶段是
受李商隐诗歌启发，对"梦"之自觉的刻画；第三阶段是在大
乘佛教之唯识学思想引领下，步入"人生如梦"的佛法的境
界，将美学思想与人生哲学合而为一，彼此贯通。废名"梦"
的美学观从西方文学的影响出发向中国传统文学回归，最终在
大乘佛法唯识学的证悟中获得圆满。但是，由于佛法的证悟理
则并不为科学的逻辑思维所认同，废名"梦"的美学最终演化
为世俗世界难以解析、艺术世界魅力独具、佛法世界境界独立
的"人生如梦"的美学观。废名二三十年代的小说创作正是借
一支"梦中彩笔"，取"幻中之幻"，造"明镜""空花"，通
过绘虚幻现实之幻象，画如梦人生之空灵，完成了他以"空"
为核心的美学镜像建构。40年代，废名的美学思想随着其儒学
转向而折入儒家美学。此时，避战乱于黄梅的废名，倾心俯就
于乡村中国的历史真实与现实痛苦，抛却虚空，脚踏实地，对
生生不息、传承于乡土民间的生命形式——乡风民俗进行深入
考察。他从道德的规约功能、艺术的审美功能、心灵的教化功
能和文化的认同功能等方面对传统民俗进行人文解读，从而对
儒家美学思想之"观风俗之盛衰""考见得失"做出了现实的
应答。

　　本书通过对废名思想的系统考察发现，在20世纪中国文
学之现代人文视域下，作为一个曾经被逐出文学史视野的客观
存在，废名以独特的生命履历和人文姿态呼应着时代大潮的变
幻，其独特的思想历程伴随着另类的文学文本，在现代文学的
历史时空中散发出特异的迷人的魅力，废名的意义由此彰显。

目 录
CONTENTS

引 论

一、废名研究的历史与现状

废名（1901～1967），原名冯勋北，字焱明，号蕴仲，学名冯文炳，笔名另有蕴是、病火、丁武、法等。湖北黄梅人。1922年，考入北京大学预科，两年后升入英国文学系。1929年毕业，在北大国文系任教。抗战期间，避难黄梅，一度任小学、中学教员。1946年，重返北大，任中文系副教授、教授。1952年，调至东北人民大学（今吉林大学）中文系。1967年9月4日，病逝于长春。

在现代文坛上，废名是一位具有鲜明个性和独立精神的作家、学者。其一生以1949年为界，可分为两个时期。前期以文学创作为主，兼及诗学、佛学研究，主要有短篇小说集《竹林的故事》《枣》《桃园》，长篇小说《桥》《莫须有先生传》《莫须有先生坐飞机以后》，诗论《谈新诗》，佛学专著《阿赖耶识论》等。后期除少量文学创作外，主要从事学术研究，著有《古代的人民文艺——〈诗经〉讲稿》《杜诗讲稿》《跟青年谈鲁迅》《鲁迅研究》《美学讲义》《新民歌讲稿》等。

对废名的研究大致可分三个阶段，第一个阶段是 1925 年至 1949 年，研究文章 30 余篇，主要研究者为鲁迅、周作人、刘西渭（李健吾）、沈从文、孟实（朱光潜）、鹤西（程侃声）、灌缨（余冠英）、吴小如等。这是废名文学活动最重要的一个时期，其一生主要作品均完成于此期。第二个阶段是 1950 年到 1967 年，研究文章 10 余篇，鉴于废名的文学活动此时已基本终止，研究废名的文章多是针对其学术活动，包括对其鲁迅研究、杜诗研究和美学研究所发的评论。第三个阶段是 1978 年以后，随着 20 世纪中国文学研究思路的调整和深化，废名的文学创作在被冷落近 20 年后，重新进入现代文学的研究视野，研究文章约 300 篇。

值得注意的是，尽管 1978 年以后的文章约是 1949 年以前的 10 倍，但真正读懂废名的似乎还是他的同时代人。其中，周作人、刘西渭和吴小如对废名及其创作表现了持久而深刻的关注。作为废名的老师，周作人以包写序文的方式，肯定和提携着废名在现代文坛上的每一个脚步，他爱惜废名的文字，称"废名君的著作在现代中国小说界有他独特的价值者，其第一的原因是其文章之美"，"废名君用了他简练的文字写所独有的意境，固然是很可喜，再从近来文体的变迁上着眼看去，更觉得有意义"①。刘西

①　周作人：《〈枣〉和〈桥〉的序》，《周作人散文》第二集，中国广播电视出版社 1992 年版，第 273 页。

渭对废名的评价则透过文体进入了写小说的冯文炳与写诗的废名
不同的艺术心理，他说："冯文炳先生徘徊在他记忆的王国，而
废名先生，渐渐走出形象的沾恋，停留在一种抽象的存在，同时
他所有艺术家的匠心，或者自觉，或者内心的喜悦，几乎全用来
表现他所钟情的观念。……着眼字句是艺术家的初步工夫，然而
临到字句可以单自剔出，成为一个抽象的绝句，便只属思维者的
苦诣，失却艺术的初步工夫。"① 吴小如是将废名研究由现代一直
推进到当代的评论家，废名的各体创作皆进入过他的研究视野，
包括他读不懂的废名新诗——"《水边》是诗集。笔者于新诗是
外行，不宜信口雌黄。废名先生的诗尤其读不懂。不过既爱作者
的文章，便不禁想把这诗集也看看。……可是从废名先生的诗里
得到的只有苦闷。读了既茫无所知，谓之晦涩艰深，亦正是当然
的了"。但即使读不懂却仍能辨出高下——"《水边》的后一半是
沈启无的诗。拿来同废名的作品一比，立刻可以分出高下。沈诗
终嫌造作，废名的诗虽读不懂，气韵总浑然一贯。孟子譬圣力智
巧，其高下之分于此可见。文诚如其人，即诗亦可见其人之何如
也"②。还有当时几乎无人论及的废名诗论："《谈新诗》乃是他
唯一的一本理论书。原文一篇篇文章即是讲义初稿，因之从字里
行间可以深深了解先生在讲堂上的风度，是那么殷切恳挚，妥帖
工稳。对于人物或作品的轩轾臧否，尤其仁者本色，绝无矜才使

---

① 李健吾：《〈画梦录〉——何其芳先生作》，《咀华集·咀华二集》，复旦大学出版社
2005年版，第84页。
② 吴小如：《废名的文章》，《益世报·文学周刊》1946年10月。

气的地方。这是一般治学问者应该有实际上却罕有的态度，虽未
受到亲炙的人也能体会得出。"① 正是对废名文章有过深入研究，
吴小如深知废名的文学创作在中国现代文学史上有其不可忽视的
价值，新时期后，吴小如成为呼唤恢复废名研究的第一人。1983
年吴小如在《大公报》（香港）撰文，向社会呼吁"废名先生遗
著亟待整理"。1999 年 4 月他又在《中华读书报》再次"呼唤废
名全集问世"，称与同时代的作家作品出版情况相比，废名先生
的遗作显得冷落寂寞得多，"这应该说是不大公平的"，"先生的
全集应力求早日问世，这已是刻不容缓的现实问题了。我诚恳而
急切地在呼唤"②。二十多年过去，吴小如先生"怕任其荒凉寂
寞"而再三呼唤的"肯为废名师拓荒抉秘，潜心搜辑"者已修成
正果，《废名诗集》由武汉学者陈建军编订，《废名全集》也由北
大学者王风编订。

伴随着废名遗著的发掘整理，在废名的故乡湖北和废名母
校北京大学逐渐形成了废名研究的两个中心。在北大，王风以
史料钩陈重现废名创作原貌，吴晓东在钱理群主编的诗化小说
研究书系中完成了废名小说《桥》的诗学研读。2005 年以后，
刘皓明、陈均等在北京大学中国新诗研究所主持的《新诗评论》
上，渐渐明晰了废名诗歌与诗论在中国现代新诗史上的杰出地
位。在湖北，张吉兵编辑的《黄冈师范学院学报》"鄂东文史"
专栏，力推废名的地缘研究和影响研究，由此专栏走出的武汉

---

① 吴小如：《废名的文章》，《益世报·文学周刊》1946 年 10 月。
② 吴小如：《呼唤废名全集问世》，《中华读书报》1999 年 4 月 28 日。

学者陈建军先后整理出版了《废名年谱》《废名诗集》和《废名讲诗》，成为废名研究扎实的奠基者。张吉兵本人则以大量的第一手资料集中研究废名避难黄梅期间的心路历程，其 2008 年出版的专著《抗战时期废名论》，首次将废名抗战时期的生活、思想和创作面貌清晰呈现。

伴随废名的创作一路走来，废名研究大约包括了以下几个方面。

（一）文本阐释

废名文本最经得起美学分析的无疑是《桥》，从问世之初，《桥》就强烈地吸引着评论家的目光。孟实（朱光潜）、灌缨（余冠英）、刘西渭（李健吾）等都有评说。而随着中国现代诗化小说研究的深入，《桥》的诗学意义在吴晓东的《镜花水月的世界》中——从语言到意念，从心象小说到幻象文本——获得了完整阐释。废名小说最令人困惑的则是莫须有先生系列，止庵认为《莫须有先生传》是废名的精神自传，不当以寻常小说看待，其文体形式类似禅宗公案，而废名写的是一己的参悟行为，反映了莫须有先生由参悟而彻悟，与本体同化，归于无限的精神升华过程。① 陈建军则对《莫须有先生坐飞机以后》进行解读，指出它是一部实录性小说，作者一扫其早期小说的诗性特征，注重对事实意义的阐释，为中国现代作家提供了一种新的文学表现图式，

---

① 止庵：《莫须有先生传》，《黄冈师范学院学报》，2003 年第 1 期。

也从一侧面反映了一个现代中国知识分子的心路历程。① 但是，这三部长篇小说之间何以风格如此迥异？其间废名的思想发生了怎样的转向？内在缘由却无人做出深入探究。

"废名君是诗人，虽然做着小说。"② 废名骨子里的诗人气质，使许多研究者和诗人对"文学史家历来只介绍废名小说、散文，置诗歌不顾"的做法颇为不满。③ 废名生前公开发表的诗作不多（近50首），可他写的诗却并不少。1958年1月16日，他在《谈谈新诗》中写道："我从前也是写过新诗的，在1930年写得很不少，足足有二百首……"。可惜早年编辑的诗集《天马》已散佚，2007年台湾出版的《废名诗集》，汇编了废名1922年至1948年间的诗歌95题108首，是目前辑录最全的废名诗集，却大约只占废名全部新诗的一半。注意到废名诗歌创作的人几乎同时发现，废名的诗歌比其小说更晦涩难懂。解析废名诗歌的路径之一是在废名子侄冯健男1995年发表的《人静山空见一灯——废名诗探》④ 基础上，以佛机禅理阐释废名诗作。事实上，废名的诗虽多有佛禅用语和典故，但直接阐释佛理的并不多。精研佛学为废名带来的是一种在他看来切实而可靠的生存方式，这是废名有别于其他厚佛作家的关键，废名的诗并非禅诗，但确如台湾学者所

---

① 陈建军：《〈莫须有先生坐飞机以后〉：漫漶的"水"》，《黄冈师范学院学报》，2001年第4期。
② 周作人：《桃园·跋》，《莫须有先生坐飞机以后》，广西师范大学出版社2003年版，第403页。
③ 蒋成：《废名诗歌解读》，《中国现代文学研究丛刊》，1989年第4期。
④ 冯健男：《人静山空见一灯——废名诗探》，《文学评论》1995年第4期。

言乃颇有"禅趣"①。2006 年，高恒文发表《现代的与古典的——论废名的诗》一文②，全文虽然只解读了废名的一首诗《寄之琳》，但作者视野开阔，不仅在文本的坐标上解析了废名精微的诗思，还站在象征主义诗学的高度，指出废名的诗歌创作是象征主义的艺术努力与追求，有明确的西方象征主义诗（诗人）的影响和对中国古典诗词艺术传统再发现的特征。此外，废名诗论自潘颂德、冯健男、孙玉石③等学者开掘以后也受到重新认识和关注，同时还出现了以废名诗论为指向的新诗导读。2004 年青年诗人西渡编辑的《经典阅读书系·名家课堂》，有关新诗部分即以废名诗学为准绳进行选编。废名诗学的影响随着卞之琳、林庚、沈启无（开元）、朱英诞等诗人被揭开历史的面纱，将日渐显示出其迷人魅力。

（二）文体研究

废名素以文体独特著称，施蛰存认为"谈到中国新文坛的文体家，废名恐怕应当排列在第一位了"④。晦涩是其文体主要的特征之一，究其原因，刘西渭认为"他从观念出发，每一个观念凝成一个结晶的句子。读者不得不在这里逗留，因为它供你过长的

---

① 痖弦：《禅趣诗人废名》，《中国新诗研究》，台湾洪范书店 1982 年版。
② 高恒文：《现代的与古典的——论废名的诗》，《文艺理论研究》2006 年第 6 期。
③ 孙玉石：《以新诗文本解说进入大学课堂——重建现代解诗学思想杂记之一》，《西南师范大学学报》（人文社会科学版），2005 年第 4 期。
④ 施蛰存：《一人一书》，《宇宙风》第 32 期，1937 年 1 月 1 日。

思维。这种现象是独特的，也就难以具有影响"①。尽管这种文体的影响只能是小众的，但评论家仍愿意去推广这种影响，因为"看惯现在中国一般小说的人对于《桥》难免隔阂，但是如果他们排除成见，费一点心思把《桥》看懂以后，再去看现在中国一般小说，他们会觉得许多时髦作品大都粗疏肤浅，浪费笔墨"②。2000 年，刘勇（格非）的博士论文《废名的意义》也是从文体分析入手，对废名小说的叙事方式进行解析，由此确认废名小说在构成了中国现代小说史的重要资源方面的意义，但着重分析的仍然只是《桥》。③ 这也是至今唯一一篇专论废名的博士论文。2004 年，张丽华的《废名〈桥〉与〈莫须有先生传〉语言研究》，首次将《莫须有先生传》的异样文体纳入研究视野，作者力图"穿过表层的语言形态，在文体上寻求《桥》与《莫须有先生传》的异中之同，并辨析其同中之异"，以期"展示一个走着令文坛感到陌生的'窄路子'的孤寂的作家，对汉语语言表达能力的开拓与探索"④。

（三）意义阐释

20 世纪 20 年代末至 30 年代初，朱自清在清华大学和其他高

---

① 李健吾：《〈画梦录〉——何其芳先生作》，《咀华集·咀华二集》，复旦大学出版社 2005 年版，第 85 页。
② 朱光潜：《〈桥〉》，《文学杂志》第 1 卷第 3 期，1937 年 7 月。
③ 格非：《废名的意义》，《塞壬的歌声》，上海文艺出版社 2001 年版。
④ 张丽华：《废名小说的"文字禅"——〈桥〉与〈莫须有先生传〉语言研究》，《中国现代文学研究丛刊》，2004 年第 3 期。

校开讲中国新文学一课，写有《中国新文学研究纲要》。其中第5章第5节专讲废名小说，提要为：（一）"平凡人的平凡生活"；（二）"乡村的儿女翁媪"——"老人少女小孩"；（三）"梦想的，幻影的写象"；（四）"隐逸的"趣味；（五）讽刺的作品——滑稽与悲哀的混合；（六）"平淡朴讷的作风"；（七）"含蓄的古典的"笔调（思想的深奥或混乱，文体的简洁或奇僻）。① 显然，在朱自清看来，废名的创作已经具有了可以预测的文学史价值。这个价值的意义，刘西渭认为正来自废名作为一个文学家所具有的独创性。他说："在现存的中国文艺作家里面……有的是比他通俗的，伟大的，生动的，新颖而且时髦的，然而很少一位像他更是他自己的……他真正的创造，假定创造不是抄袭。这不是说，他没有受到外来影响。不过这些影响，无论古今中外，遇见一个善感多能的心灵，都逃不脱他强有力的吸收和再生。惟其善感多能，他所再生出来的遂乃具有强烈的个性。"② 40年代，沈启无曾将废名的诗歌放在中国文学传统语境中加以考察，指出："废名先生及其一派即是顾到历史的意义，并且依傍文化的，故其性质乃同时是古典。而说到诗的艺术的表现，除了个人的特殊经验一点之外，如间接，慎重，精练，质朴，贞洁等姿态，遂使得新诗更为古典，以至于把诗看成了一种专门的学术和思想，这便更成为传统的精义，与中国以往的诗的大传统保有不绝如缕的关

---

① 朱自清：《朱自清全集》，第8卷，江苏教育出版社1999年版。
② 李健吾：《〈画梦录〉——何其芳先生作》，《咀华集·咀华二集》，复旦大学出版社2005年版，第84~85页。

系了。"①

　　新时期以后，随着价值视域的调整，废名的意义获得了不同层面的观照。在现代性视域下，逄增玉将废名创作放在中西文化碰撞的时代潮流中考察，指出废名的写作与主流话语格格不入，隐含一种"反现代性"主题。② 丁帆则进一步强调，废名的这种反现代的审美现代性的文化追求，乃具有"先行性"，其"田园诗风"的乡土叙事在中国新文学史上有着独特的地位和意义。③而这种意义早在 1997 年孔范今主编的《二十世纪中国文学史》中就已经被关注，当时各种版本的现代文学史鲜有废名专论，谈及废名的创作，往往几段文字一掠而过。《二十世纪中国文学史》第一次将废名的乡土小说单列一节，力图在 20 世纪中国文学的历史长卷中为废名正名。

　　近年来，随着现代文学期刊研究的深入，废名的意义也获得了新的阐释空间。在《文学杂志》《骆驼草》的研究中，废名的创作被放在了京派文人的基本立场下加以考察——既重视文学的独立自主性，要求文学超然于政治与商业因素之外，又试图整合中西文化资源，从传统中理出中国文学发展的民族化道路，以此对抗西方文学的话语强势。同时，保持个体精神的独立性，为中国文学的现代化进程进行了有益的尝试。这使我们看到，废名孤独的文学选择自有其生存的文化空间。另外，陈国恩对《堂·吉

---

① 沈启无：《后记》，《文学集刊》1944 年 1 月第 2 辑。
② 逄增玉：《废名小说隐含的反现代主题及其叙事策略》，《东北师范大学学报》1999年第 3 期。
③ 丁帆：《论废名"田园诗风"的乡土抒写》，《湖南社会科学》2007 年第 1 期。

诃德》之中国影响的考察，也向人们展示了继鲁迅之后，废名以
人生真谛探寻者的姿态，用戏拟手法把堂·吉诃德的精神东方化
的努力。①

　　需要指出的是，由于废名研究始终伴随着文本晦涩、资料不
足等问题，不可避免地形成了研究中的某些偏差和误区，这种现
象从废名创作之初就已见端倪。1937 年朱光潜曾指出："无疑地，
废名所走的是一条窄路。"② 在这条窄路上，废名孤独而寂寞，
"仿佛一个修士，一切是向内的"③。正是这"向内"的一切有意
无意地阻隔了向外的交流与沟通，废名的作品不仅被一般读者指
为"第一难懂"，甚至被评论家预言"永远是孤独的，简直是孤
洁的"④。但废名并不以为意，执着孤行，甚至称"难懂正是它的
一个妙处，读者细心玩索之可乎"⑤。废名这种评说由人、不予辩
解也不加阐释的态度，显然阻隔了受众对其文本的接受。当
"《莫须有先生传》行将正正堂堂地出而问世，差不多举国一致要
我做一篇序，因为它难懂"⑥，而废名非但没有在"自序"中对
《莫须有先生传》难懂之处略加阐述，反而对周作人特为《莫须

---

① 陈国恩：《〈堂·吉诃德〉与20世纪中国文学》，《外国文学研究》2002 年第3 期。
② 朱光潜：《编辑后记》，《文学杂志》1937 年6 月1 日第1 卷第2 期。
③ 李健吾：《〈边城〉——何其芳先生作》，《咀华集·咀华二集》，复旦大学出版社
　 2005 年版，第26 页。
④ 李健吾：《〈边城〉——何其芳先生作》，《咀华集·咀华二集》，复旦大学出版社
　 2005 年版，第26 页。
⑤ 李健吾：《〈边城〉——何其芳先生作》，《咀华集·咀华二集》，复旦大学出版社
　 2005 年版，第6 页。
⑥ 李健吾：《〈边城〉——何其芳先生作》，《咀华集·咀华二集》，复旦大学出版社
　 2005 年版，第6 页。

有先生传》做的序也提出抗议，以至一年之后周作人方才"忽然大悟，前此做序纯然落了文字障"①。连最了解废名并为其包办所有作品序言的周作人尚且不能准确解读废名的作品，也就难怪世人嫌其晦涩，难以卒读了。

废名的难懂不独其小说，诗歌更甚。早在1936年，刘半农就说过："废名即冯文炳，有短诗数首，无一首可解。"② 但是，难懂，却非如有字天书，根本不可解，无法懂。诚如朱光潜所言："废名先生的诗不容易懂，但是懂得之后，你也许要惊叹它真好。有些诗可以从文字本身去了解，有些诗非先了解作者不可。废名先生富敏感而好苦思，有禅家与道人的风味。他的诗有一个深玄的背景，难懂的是这背景。"③ 那么，如何进入作者"禅家与道人"般"深玄"的背景呢？显然，对废名佛学思想的解读是必由之路。可是，长期以来，废名唯一一部佛学著作《阿赖耶识论》却寂寞无人知。于是，误读、误解也就必不可免。

首先是思想误解。废名深受佛教影响，他自称大乘佛教徒，打坐参禅，读经悟道，访高僧大德，与师友辩驳，曾经是他的生活方式和思想方式。但是，研习佛经对废名来说，究竟是如鲁迅那样是作为一种解脱苦闷的方式，还是像熊十力那样作为学问之一种，抑或像李叔同（弘一法师）那样成为生命的至高信仰？参悟佛经的不同状态，对于一个文学书写者的影响是截然不同的。

---

① 周作人：《周作人书信》，河北教育出版社2002年版，第110页。
② 《刘半农日记（1936年1月6日）》，《新文学史料》1991年第1期。
③ 朱光潜：《编辑后记》，《文学杂志》1937年6月1日第1卷第2期。

废名从 1930 年开始读佛书，1937 年始信有三世，1951 年在与学生乐黛云的谈话中仍称自己相信轮回，相信人死后灵魂长在。乐黛云说："他甚至告诉我他的确遇见过好几次鬼魂，都是他故去的朋友，他们都坐在他对面，和他谈论一些事情，和生前没有两样。他告诉我不应该轻易否定一些自己并不明白，也无法证明其确属乌有的事。因为和我们已知的事相比，未知的事实在是太无边无际了。太多我们曾认为绝不可能的事，'时劫一会'，就都成了现实。"① 显然佛学思想几乎贯穿了废名一生，是废名研究的一个肯綮，如不予以破解，废名的美学思想将成为无源之水，其文学创作也无法获得确切完满的阐释。从现有资料来看，多数研究者错误地将废名的佛学思想归之于禅宗②。而本文从对废名佛学著作《阿赖耶识论》的研读中发现，废名所信奉的乃是印度佛教之唯识学思想，与佛教中国化的产物禅宗并非一路，因此，以禅宗思想图解废名作品已是张冠李戴，更何况废名思想在根基上就是儒佛一体的，在其思想进向中时而表现为儒隐佛显，时而又表现为出佛归儒。因此，必须全面解析废名思想的蜕变过程，立体把握废名思想的多元构成，才可能对其思想和作品做出客观公正的评价。

其次是风格偏解。一提及废名的艺术风格，诗化、田园小说、儿童视角就成为关键词，事实上，这远非废名艺术风格的全部。

---

① 乐黛云：《难忘废名先生》，《万象》2003 年第 1 期。
② 罗成琰《废名的〈桥〉与禅》（载《中国现代文学研究丛刊》1992 年第 1 期）和孙玉石《中国现代主义诗潮史论》（见第 260 页），均认为废名的佛教信仰属于禅宗。

废名早期作品现实性很强，全无诗意，后期作品又一扫《竹林的故事》和《桥》的单纯与诗化，讽喻世俗，实录众生。1935 年，鲁迅选编《中国新文学大系·小说二集》，在序文里中肯地评价了废名的小说创作，同时其"有意低回、顾影自怜"的评语也成为后人对废名不肯逾越的印象，其实，这只是废名风格的一部分。对于一个不断自我省察、自我蜕变的作家，只有完成对其作品的全面解读，才能客观真实地呈现其艺术风格的全貌。

二、废名研究的难点与突破

纵观废名研究的历史，有几点颇耐人寻味。

其一，作为一个边缘性作家，废名初入文坛便受到了文学大家的激赏和著名评论家的赞誉，而伴随废名文学创作巅峰的到来，评论家的阐释与好评也几乎同时抵达顶峰，之后便是寂寞冷清的谷底，废名研究一片空白。新时期的到来，废名研究逐渐复苏，但所见评论大多是对鲁迅、周作人、朱光潜、刘西渭、余冠英、吴小如等文学大家评论的阐释和附会，鲜有新见。

其二，即便是当时的文学大家和评论家，所关注的似乎也只有《竹林的故事》和《桥》，并以此对废名的风格一锤定音。对于莫须有先生系列，或称读不懂或是不肯读，这无疑使废名创作的全貌无从显现，成为废名研究的一大缺憾。

其三，20 世纪上半叶，在周作人、朱光潜、刘西渭等人的文学判断中，废名在文学史上的地位是可以期待的，然而，历史进入 21 世纪，废名在文学史上的位置似仍无从措手。是评论家的判断出现偏差，还是文学史的书写存在盲点？

上述问题正说明废名研究有待突破。那么，突破点何在？这也正是本书所寻找的出发点。

首先，文学评论对作家作品的文本阐释，离不开评论家对作家思想的深入理解与阐发，而废名作品被指为"第一难懂"，固然与其"文体之简洁或奇僻生辣"有关，但更根本的原因则是，知识学养尤其是佛学修养的欠缺，使鉴赏者与被鉴赏者废名很难在同一高度上平等对话。因此，废名研究最基础性的工作——文本精研乃是本书坚持的第一步。由提升自身学养入手，从废名难懂的文本中读懂废名，从而理清其思想脉络，这是废名研究的基本前提，也是被那些盲目袭蹈前人言论者刻意忽略掉的。

不过，文本精研、思想梳理并非本书的根本目的所在，在 20 世纪中国文学的整体版图上，准确定位废名的文学意义，才是本文努力的方向。作为后世学人，我们固然无法在人文学养上与废名及其同时代的评论家相比肩，但是，时间也给了我们另外一种机遇，那就是废名文学活动的当时所欠缺的历史感。谁把握了历史的高度，谁就有可能超越前人的局限。也就是说，独到的史识是穿透历史的迷雾、清晰透视废名意义价值、准确定位废名文学地位的聚光镜。

毫无疑问，20 世纪中国历史书写的是一部现代性高歌猛进的历史，围绕着现代转型这一伟大主题，20 世纪中国文学主流也是对主导性历史变革的意义进行阐释的宏大叙事。而废名的文学创作，表达的则是对进化论的反驳和对现代性的质疑，这种质疑性对话关系，在 20 世纪中国历史文化的现代转型中，究竟有何意义？

显然，在单一的现代性话语体系中，废名的创作不会获得任何积极意义的阐释。但正如有学者指出的，"现代性本身无疑是人类关于理性、自由和进步的宏大叙事，在人类文明进程中意义重大而深远"。但同时需要强调的是，"现代性是建构中国文学新框架新视野的一个极重要的价值尺度，但却不能独自担当价值与意义的评判者，即不能成为唯一的文学'立法者'"。"如果仅执单一的现代性价值尺度，那么很多在文学史上有文化意义、有独创性、有艺术魅力的作家作品似乎都会背上反现代性的价值判定。"① 废名的文学书写所彰显的恰恰正是现代性所敌视的和谐严整的古典之美与古典文化，以及稳定而宁静的传统情调。因此，在现代性的框架或视野下，废名及其代表的现代人文主义创作都不会得到有效阐释，废名存在的意义与价值也会遭到极大削弱，他在文学史上应有的贡献与地位也无从确立，这也正是废名研究所面临的窘境。无疑，20 世纪中国文学研究需要更开放、更宏大的学术视野。

站在纵观历史的高度上，孔范今先生对人类历史发展之基本要素之间协调互补、制衡发展的复杂关系进行揭示，从而为我们打开了一个更为广阔的学术空间。他认为，人类的历史进程常常

---

① 丁文秀：《现代性研究中存在的问题的反思》，《文学评论》2005 年第 3 期。

呈现为出双向逆动结构，尤其在重大转型期——现代观念推动生产力发展，带来社会进步，而社会进步势必冲决传统观念，特别是对人文文化带来冲击。被历史学家所肯定的社会进步，常常以人文文化的沦落为代价，文学恰恰在这里承担起了自己的使命——对人类命运的终极关怀。

20世纪，随着商品和技术的发展，物质的存在超越了人的存在，商品的强势覆盖和弱化了人性的丰富和情感的细腻，人被抽象化了，人越来越依附于某种外在的东西，人的存在被遗忘，人类的生存遇到危机，这一切都是在被历史学家所肯定的时代进步的脚步下产生的。孔范今认为，对于作家而言，如果单纯地以历史进步意义的指向来阐释文学，就可能会产生以权力意志统摄的文学，以社会名流充斥的文学，以物欲横流填塞的文学，而无视弱势群体的呼号，人的精神的撕裂，亦即社会进步所导致的人类精神形态的重要变化——权力、商品和技术对人的扭曲和变异，那么文学将丧失其独立的地位。文学是人学，其终极归宿应建立在对人性发掘的基础上。而这种看似与历史进步呈逆向性的文学书写，恰恰承担起了文学的使命，从而构成了历史进步的一环，它以补偿式的调节，推动着社会的全面发展。事实上，对历史进步行为的质疑与反思，恰恰是对历史发展的另一种推力。20世纪中国历史上出现的现代人文主义思潮，正是这一推力的表现。

作为一种思想态度、一种价值指向，人文主义对抗理性主义、科学主义但并不摒弃理性和科学，它持守的是信念伦理但并不排除其与责任伦理之间的互通性关系，它重想象、重悟性但并不否定逻辑思维存在的必然性与重要性。要而言之，它是以生命、人性为基点所构成的生命意识、信念伦理及其以想象和通悟与世界（自然、社会）进行沟通与对话的独特能力和方式。① 它以丰富的多维的人文构成与中国历史的现代化进程互生互动、颉颃而行，废名的文学书写即是现代人文主义在文学领域的表现之一，而如废名这样的人文担承，在 20 世纪激流勇进的现代化进程中，每每可以听到来自人文主义立场上的回响。20 世纪末作家董桥曾说过这样一段话："我从来不怀疑政治的现实意义；我也始终肯定经济的力量和价值。但是，政治经济盘算的是怎么支撑到这个星期六的中午一点钟；文化理想营造的则是可以延展到下一个世纪的精神世界！"② 正是怀着对整个民族精神上或可能面临无家可归的担忧，在中国社会的现代转型中，废名固守着一个人文主义作家的文化理想，他的目光充满了"杞人忧天"的固执和倔强，却也散发着令人着迷的执着和感动。正是这种具有鲜明人文主义特征的思维方式，使废名的文学书写散发出中国古老乡村独有的山水之色和草木之情，让激变中的现代社会仍可觅得一角水至清、草正绿、人质朴、民风淳的精神憩园。

2005 年，孔范今主编的《中国现代新人文文学书系》，以人文主义的意义指向和价值视域为坐标，精选现当代文学作品中人文主义倾向突出的文论、小说、诗歌和散文，入选的作品均表现

---

① 孔范今：《论中国现代人文主义视域中的文学生成与发展》，《文学评论》2006 年第 4 期。
② 董桥：《让政治经济好好过个周末》，《乡愁的理念》，生活·读书·新知三联书店 1991 年版。

出关注生命、历史与人性化健全发展的人文倾向，在此，废名的
思想和创作获得了前所未有的全面展示。所有入选作家中，废名
几乎是唯一一位在文论、小说、诗歌和散文各体写作中，皆有作
品入选的作家。尽管作品数量不多，但其彻底的人文主义创作精
神和创作佳绩，依然强烈地吸引了文学史家的目光。其实，这种
史家之识，在我们回溯历史的时候，只需潜心静气，就不会错过
那慧眼如炬的目光。

　　回到废名创作的当时。1935 年，上海良友图书公司出版十卷
本《中国新文学大系》（1917～1927），来为"伟大的十年间"做
一个历史定位。《新文学大系》虽是一种选集的形式，可是它的
总序和每一册都有一篇长序，这就兼有了文学史的性质。对读者
而言，"因为分人编选的缘故，各人看法不同，自然难免，所以
倘若有人要把《新文学大系》当作新文学史看，那他一定不会满
意。然而倘使从这部巨大的'选集'中窥见'新文学运动'的第
一个十年的文坛全貌，那么倒反因为是分人编选的缘故，无形中
成了无所不有，或许他一定能够满意"①。正是由于《中国新文学
大系》这种不同文体，不同卷册，分人编纂，总序统领的方式，
使我们有理由相信，在新文学以《中国新文学大系》的形式总结
第一个十年和第二个十年的创作成就时，从那些由文学大家所构
建的文学史评价中，我们可以更真切地看到，废名这个被后来文
学史所驱逐的作家，在当时文坛和新文学史上应有的价值和地位。

　　事实上，在这两个十年的新文学大系作品编选中，无论选家

---

① 姚琪：《最近的两大工程》，载《文学》5 卷 6 期，1935 年 7 月。

在政治、文化和文学立场上位居哪个阵营，也不论是小说、散文和诗歌哪种文体，废名的作品都成为毋庸置疑的杰出代表。1935年至1936年，赵家壁主编的《中国新文学大系》（1917～1927）中，鲁迅选编的小说集选入废名的《浣衣母》《竹林的故事》《河上柳》三篇，并在序言中对废名的小说特点中肯点评。朱自清选编的诗集中废名的《洋车夫的儿子》入选，周作人选编的散文集选入废名的《洲》等六篇作品。展示新文学第二个十年创作成就的《中国新文学大系》（1927～1937），废名的入选作品同样涵盖了各种文体，短篇小说有《桃园》，中篇小说是《桥》，散文有《菱荡》，诗歌有《街头》和《灯》。显然，在20世纪的文学创作中，以数量而论，废名算不得大家，但以质量来看，废名兼擅各种文体创作，且各体创作均有佳作，在新文学史上应有一席之地，这也是符合实际的。当然，废名是幸运的，他最主要的文学活动恰好集中在新文学的第一个十年和第二个十年，但是，在20年的文学跨度中，像废名这样跨文体写作，每一文体皆有进入文学史的佳作者，似乎并不多见。周作人曾经说过："我的朋友中间有些人不比我老而文章已近乎道，……废名君即其一。我的《永日》或可勉强说对了《桃园》，《看云》对《枣》和《桥》，但《莫须有先生传》那是我没有。"① 这并非周作人的自谦，如其所言："文坛上也有做得流畅或华丽的文章的小说家，但废名君那

---

① 废名：《莫须有先生传》，广西师范大学出版社2003年版，第4页。

样的简练的却很不多见。"① 简练中尽显文体之美者，废名也；简练中致使文本晦涩者，亦废名也。废名的著作，不仅"在现代小说界有他独特的价值"②，在散文界亦当有不可替代的地位，废名在《人世间》时期和《明珠》时期所作的出入文史的诸多文章，如周作人所言，"里边颇有些好文章好意思"③。而废名的诗歌创作和新诗研究，更是以一种敏锐的艺术洞察力和高度的思维水准，对中国现代新诗的走向提出独具价值的深入思考——"他的立场和观点，在其佛教背景和中国古诗背景下，从中国特有的角度，将会丰富我们在美学和诗学方面对某些基本问题的理解。他对'五四'后诗歌的批评，有助于我们洞察与诗歌现代性相关的问题。而这些问题仍然迷惑和困扰着今天的中国诗人们"④。

　　显然，从历史的梳理中我们看到，废名的价值发现似乎与他斑斓多变的文体密切相关，而事实上，文体的晦涩或多变只是一种外在的表现，文学史家所认同的是废名文体背后对文学本义的坚守，而这种坚守的根本，正来源于决定了废名写作姿态的现代人文主义思想。这一思想在废名的文学书写中，以其与众不同的佛教信仰、儒学理想和美学追求为根基，幻化出色彩斑斓的文体景观。因此，要彻底解读废名文学创作，必须对贯通了其现代人

---

① 周作人：《〈桃园·跋〉》，《莫须有先生传》，广西师范大学出版社 2003 年版，第403 页。

② 废名：《莫须有先生传》，广西师范大学出版社 2003 年版，第 107 页。

③ 周作人：《怀废名》，《周作人文集》第一集，中央广播电视出版社 1992 年版，第156～157 页。

④ 刘皓明：《废名的表现诗学：梦、奇思、幻与阿赖耶识》，《新诗评论》（第二辑），北京大学出版社 2005 年版。

文主义思想的佛学思想、美学思想和儒学思想做出清晰解读。没有思想根底的清理，解析废名的作品终将是雾里看花，真相难觅。而先前对废名作品的误读曲解，多数正是因为未理清根脉，仅凭前人的一两句断语便按图索骥，曲意附会，甚至无端想象。所以，本书重点将放在对废名现代人文思想的脉络梳理，力图在具体翔实的资料中揭示废名佛学思想、儒学思想和美学思想的真实面相，为解析废名创作的丰富内涵提供扎实基础，以期确认废名在 20 世纪中国文学史中的独特价值。

虽然以本人学识之浅陋，达到这样的目的几乎是不可能的。但幸运的是，孔范今先生在《中国现代新人文文学书系》总序中，对中国现代人文主义的历史流变和思想精髓进行了深刻阐释，并在此视域下将 20 世纪的中国文学创作的现代人文主义精神贯通于具体的理论与创作之中，使笔者获得了观察和解析废名思想意义的有效思路和方法。加之近年废名研究屡有佳绩，为废名研究的突破提供了前所未有的机遇。2007 年是废名逝世四十周年，也是废名研究的丰收之年。吴小如千呼万唤的《废名全集》终于由北大学者王风编订完成，同年 7 月，陈建军与冯思纯编订的《废名诗集》在台湾出版，10 月，二人编订的《废名讲诗》，将废名一生的全部诗论包括废名讲新诗、讲旧诗和讲杜诗整理成册，由华中师大出版社出版。加上此前由止庵编订的《废名文集》和《阿赖耶识论》，废名作品的完整面貌已然呈现。

随着资料的渐趋完整，学界修正错误更新观点获得了可靠的基础，研究者的视野也豁然打开。首先是陈建军在整理废名

遗作同时完成的《废名年谱》，其清晰的历史脉络，为建构废名
的历史价值提供了扎实的史料；其次，由北京大学中国新诗研
究所主持的《新诗评论》自 2005 年创刊以来，以开阔的学术视
野，深邃的历史目光，聚焦中国新诗的历史进程，不容置疑地
将废名的诗作与诗学纳入世界文学与中国文学的历史节点上。
同时，废名故里黄冈学者张吉兵，2008 年 3 月出版了他多年的
研究成果《抗战时期废名论》，让废名 1949 年以前的文学生命
得以完整呈现。此外，废名哲嗣冯思纯先生现居济南，笔者有
随时求教、解疑释惑之便，书信与访谈皆构成了本人研究的第
一手资料，还有冯思纯先生之子冯作代为影印废名未刊手稿，
传送其家乡黄梅县政协教文卫文史资料委员会编纂的内部资料。
废名后人的帮助使笔者可以用第一手资料说话，在某种程度上弥
补了本人才学有限、底气不足的学术探索。而亲历废名后人的谦
谦君子之风，也让笔者在历史文字中所认识的废名变得亲切饱满
起来。

第一章

边缘视域：废名的人文姿态

在 20 世纪中国文学史上，废名的地位用"孤绝""寂寞"来描述似不为过。这样的"孤绝"与"寂寞"，并不仅仅来自废名自甘边缘的创作态度，更主要的来自他与主流话语的对峙性关系：在思想立场上，废名以坚定的现代人文主义立场对峙 20 世纪无与匹敌的社会进化论思想；在文学想象中，废名以平静恬淡、古韵雅致的中国传统乡村意象，对峙波澜壮阔、急剧变动的现代性叙事主题。尤其值得注意的是，废名的这种对峙性姿态，从来都不是一种消极隐逸的避世之举，和沈从文一样，废名始终以一种自觉的、主动的、积极的态度，在思想立场和创作追求上，与 20 世纪以现代性为主要特征的历史进程和文学表达构成质疑性对话关系。

一、对峙进化论：废名的现代人文主义立场

20世纪的中国历史，毫无疑问，书写的是中国社会由传统向现代转型的鸿篇巨制，围绕这一历史变革的主导线索构建而成的文学景观，也就成为20世纪文学叙事的主导基调——这种文学以对主导性历史变革意义的阐释为己任，力求在与历史进步意义的同构中实现自身价值，自有其独特的历史意义和文学功绩。但与此同时，对历史现代性持质疑态度，表现为现代人文主义倾向的文学观念和创作无疑也构成了另一种别具风采的文学景观，它们以补充、协调的方式与主流文学一起共同丰富着20世纪中国文学的发展，或者说两者恰如文学长河之左岸右岸，合力制约着20世纪中国文学崎岖向前的方向。因此，废名的对峙性姿态以其个性化、特异性的存在，昭示着20世纪中国现代化进程中一种不容忽视的价值取向，分析废名的创作姿态及其所代表的反现代性创作思潮，理解这种逆向性思考对于20世纪中国文学主导流向所产生的制衡意义，从而全面解读20世纪中国文学鲜活的整体面貌，具有重要意义。

（一）历史背景：从达尔文进化论到严复《天演论》

五四启蒙运动伊始，陈独秀曾说："近代文明之特征，最足

以变古之道而使人的社会焕然一新者，厥有三事：一曰人权说，一曰生物进化论，一曰社会主义是也。"① 作为19世纪人类最伟大的成果之一，达尔文进化论思想，早在严复译介《天演论》之前20年间，即由西方传教士传入我国，但是影响不大。而1898年《天演论》问世，却"不啻中国思想界的晴天霹雳"②。进化论经严复译介后迅即风靡中国，主要原因是《天演论》经严复有意"误译"而阐发的社会进化思想，契合了甲午战争后国人由亡国灭种的现实危机所激起的民族主义情绪。"在中国屡次战败之后，在庚子辛丑大耻辱之后，这个'优胜劣败，适者生存'的公式确是一种当头棒喝，给了无数人一种绝大的刺激。几年之中，这种思想像野火一样，燃烧着许多少年人的心和血。"③ 这种"燃烧"直接引发了中国人思维方式、价值观念的重大变化。

　　"自达尔文书出后，则进化之学，一旦豁然开朗，大发光明，而世界思想为之一变，从此各种学术皆归于进化矣。"④ 20世纪初期，《民铎杂志》有一篇文章写道："自从严又陵介绍了一册《天演论》以后，我们时常在报章杂志上看到一大堆'物竞天择，优胜劣败'的话。""现在的进化论，已经有了左右思想的能力，无论什么哲学、伦理、教育，以及社会之知识，宗教之精神，政治之设施，没有一种不受它的影响。"⑤ "人们读《天演论》，不

---

① 陈独秀：《法兰西与近代文明》，《青年杂志》第1卷第1号。
② 杜维运：《西方史学输入中国考》，《与西方史家论中国史学》，东大图书有限公司1981年版，第294页。
③ 胡适：《胡适自传》，江苏文艺出版社1995年版，第54～55页。
④ 孙中山：《孙中山选集》，人民出版社1956年版，第155页。
⑤ 陈兼善：《进化论发达略史》，《民铎杂志》，3卷5号，"民国"十一年十二月一日。

只是获得了一些新鲜知识，……也不只是获得了某些问题甚至是救国之类的大问题的具体解答，……更独特的是，人们通过读《天演论》，获得了一种观察一切事物和指导自己如何生活、行动和斗争的观点、方法和态度，《天演论》给人们带来了一种对自然、生物、社会以及个人等万事万物的总观点、总态度，亦即新的资产阶级世界观和人生态度。"① 即如废名所言，进化论"做了近代社会一切道德的标准，殊堪浩叹"②。

因其"殊堪浩叹"而奋起攻击之，废名对进化论的批驳实际上亦并非如其所言是破"达尔文进化论"。因为，废名理解的"物竞天择""生存竞争"的进化论思想并非直接来自"达尔文进化论"，而是和当时几乎全中国人一样，都是源于"光绪辛丑仲春富文书局石印"之严译《天演论》。即如 1905 年胡适初读《天演论》节本时所言，感觉"高兴得很"，但"很少能了解赫胥黎在科学史和思想史上的贡献"，而"能了解的只是那'优胜劣败'的公式在国际政治上的意义"③。丁文江也说："要知道达尔文的学说，最好是看他自己的书。我不知道在中国批评他学说的人，有几个从头至尾看过这部名著的。"④ 这显然暗示当时即使像丁文江这样的学者周围恐怕也少有人认真读过达尔文的《物种起源》。因此，废名批驳的所谓"达尔文进化论"实乃严复之"天演论"。

---

① 李泽厚：《中国近代思想史论》，人民出版社 1979 年版，第 244 页。

② 废名：《阿赖耶识论》，辽宁教育出版社 2000 年版，第 1 页。

③ 胡适：《胡适自传》，江苏文艺出版社 1995 年版，第 54~55 页。

④ 丁文江：《玄学与科学的讨论余兴》，张君劢等著《科学与人生观》，山东人民出版社 1997 年版，第 259 页。

那么严译《天演论》对达尔文进化论进行了怎样的刻意误读，又造成了举国上下对"达尔文进化论"怎样的集体性误读呢？

　　首先来看严复《天演论》的思想渊源。其实，达尔文进化论并非严复《天演论》思想的唯一源头，严复的进化论思想主要源于以下三人：达尔文、赫胥黎和斯宾塞，其中斯宾塞的社会进化思想对他影响最大。但在向国人宣传进化论时，严复却选择了赫胥黎反社会达尔文主义的著作《进化论与伦理学》（Evolution and Ethics）进行翻译。原因之一即如严复所讲，斯宾塞著作卷帙繁繁，"其文繁衍奥博，不可猝译"①。翻译一部《社会学原理》"至少亦须十年"②，且"以其书之深广，而学者之难得其津涯也"③。费时费力，且难以理解，不易传播，与严复报国救民的迫切要求不符。因此，他选择了《进化论与伦理学》。赫胥黎的这部著作内容精短，易译易传，简洁生动地阐述了达尔文进化学说的主要原理，广泛涉及了人类思想的全部历史，使严复可借题发挥。另一原因则是赫胥黎反社会达尔文主义的基本态度给严复提供了为斯宾塞辩护的空间，并获得了结合现实中国之危机阐述其社会进化思想的机会。准确地说，严复重新改造了"进化论"，即严复之"天演论"已非达尔文之生物进化论，亦非赫胥黎之《进化论与伦理学》，也不是斯宾塞社会达尔文主义之翻版。

----

① 董增刚：《试析严复翻译〈天演论〉的主旨》，北京师范学院学报，1992年第1期。
② 王栻：《严复集》第3册，中华书局1986年版，第527页。
③ 王栻：《严复集》第3册，中华书局1986年版，第123页。

　　首先，严复对达尔文的生物进化论进行了不容置疑的越界。

　　《天演论》显然意不在生物学，其根本意图恰恰就在达尔文所特别强调的不可能用生物进化论来说明的人类社会。

　　其次，基于救亡图存的历史目的，严复对"进化"的含义进行了刻意的误读。

　　赫胥黎在《进化论与伦理学》中对于进化的含义做了两方面解释，即进化不仅仅指进化发展（progressive development），也包括同一条件下无限期的持续和倒退的变化（indefinite persistence in the same condition and with retrogressive modification）。严复摒弃赫胥黎对进化一词的完整定义，而将进化等同于进步，认为自然、动物、人类的进化都是直线上升，没有逆转和倒退的。这种对进化的定义，导致人们对"进化"的盲目乐观信仰，将时间作为衡量事物的唯一标准。即如鲁迅所说"我一向是相信进化论的，总以为将来必胜于过去，青年必胜于老人"，但事实使"我明白我倒是错了"[①]。《进化论与伦理学》包括进化论与伦理学两方面内容，而且赫胥黎坚持认为伦理世界不同于自然世界，道德情感和社会责任感是构成人类社会的基础，也是人之所以为人的根本，而人类这部分活动是属于自然过程之外的伦理过程，不能适用"优胜劣汰，适者生存"的进化规律。但是严复《天演论》却只取"进化论"而不问"伦理学"，这种取其一半的做法，显然是要以醒目的方式传达社会进化思想。在此，严复选择了坚持社会

---

　　① 鲁迅：《三闲集·序言》，《鲁迅全集》第 4 卷，人民文学出版社 1981 年版，第 5 页。

一自然一体观的斯宾塞的观点，将伦理过程亦纳入自然过程，用进化论去解释整个自然界和人类社会。其结果是，强调万物普遍进化规律，却忽略社会伦理道德。事实上，人类社会所发生的一切现象，是不能完全依靠自然科学理论来加以解释的。

《天演论》用"物竞天择，适者生存"来统括生物界包括人类社会的发展，对赫胥黎原著中强调人与其他生物之间的界限、强调人类社会道德的独特性进行了彻底颠覆。《天演论》鼓吹不仅在一个社会中，人与人之间必须"竞争生存"，在国际社会中，民族与民族之间也必须"竞争生存"，只有"最宜者"才可以免于淘汰。在"当前"的竞争中，中国已然处于下风，要避免"无以自存，无以遗种"的下场，唯一的出路在于顺应潮流，遵从自然法则，求变求新，奋发图强，在竞争中击败列强。《天演论》是《进化论与伦理学》的节译，其中却夹杂着大量斯宾塞的社会达尔文主义思想，严复分析时世、警醒世人的按语比原文更为壮观。

也正是由于近代中国动荡的社会秩序和深重的民族灾难，造成了人们心理上的焦虑和认知上的急需，当严复将进化论作为救国救民的工具引进中国时，实际上是将这种实用的思维方式与进化论的认知范式相结合，从而在中国现代思想领域形成了泛进化论。当时的中国除却知识分子、改良派、革命派等深受《天演论》影响外，即使一般民众，不论能否读懂《天演论》，也以谈进化论为社会风尚。泛进化论思想其实是近现代中国社会为解救民族危机，对达尔文进化论进行了经由严复刻意引导的集体性误读。

我们并不否认影响即误读，更无意贬低进化论之于 20 世纪中国历史之现代化进程所独具的无比巨大的推进作用。我们所要强调的是，从历史发展的实际状况来看，任何一种历史变革从其应运而生的那一时刻起，就已经包蕴着自身难以逾越的历史局限和导致异化的解构性因素，这大约就是历史发展的一种悖论。《天演论》所宣扬的社会进化论思想作为推进中国历史现代变革的有力工具，其终极目标是富国强民，但作为这一变革活动的参与者或将其目标的实现视为安身立命之希望的人，如果他同时又是一个作家或诗人，那么，他对进化论的历史功利性局限或变异的反思与感受，就必然具有极为独特而深刻的人文性内涵。鲁迅就是一个典型例子。《天演论》出版时鲁迅正在南京求学，"星期日跑到城南去，买来了白纸石印的一厚本"，觉得书中"写得很好的文字""一口气读下去，'物竞'、'天择'也出来了，苏格拉第、柏拉图也出来了……一有闲空，就照例地吃侉饼、花生米、辣椒，看《天演论》。""那个时候，它（指进化论）使我相信进步，相信未来，要求变革和战斗。"① 熟读《天演论》之后的鲁迅曾把进化论视为强有力的思想武器，并有了为素不相识的青年补靴子的事。但 1927 年的"四一二"政变却最终"轰毁"了鲁迅的进化论思想，他对青年的看法有了改变，"不再无条件的敬畏了"，而是"时常用了怀疑的眼光去看待

---

① 鲁迅：《朝花夕拾·琐记》，《鲁迅全集》第 2 卷，人民文学出版社 1981 年版，第 306 页。

青年"①。的确，人类社会的演化与自然界的进化有天壤之别，因为"人的思想很复杂"②。其实，早在一战爆发前后，中国国内如胡适所谓"从没有人出来反对天演论"③的情况就已经悄然改变。1913 年，杜亚泉在《东方杂志》上撰文指出，社会进化论是"一种危险至极之唯物主义"，它"以孔德之实验论启其绪，以达尔文之动物进化论植其基，以斯宾塞之哲学论总其成"。而此主义自输入中国之后，"其初则为富强论，其继则为天演论，一时传播于上中流人士之间，炫耀耳目，渗入脏腑，而我国民之思想，乃陷于危笃之病态，卒至抛掷若干之生命，损失若干之财产，投入于生存竞争之漩涡中，而不能自拔，祸乱之兴，正未有艾"④。1916 年，蔡元培从欧洲归国后也曾撰文，指责德国军国主义盛行正是源于尼采将生物学者的"物竞生存、优胜劣败之说"应用于人群，"以为汰弱存强为人类进化之公理，而以强者之怜弱者为奴隶道德"⑤。梁启超则在《欧游心影录》中痛斥进化论，"是借达尔文的生物学做个基础，……这回全世界国际大战争，其起原实由于此；将来各国内阶级大战争，其起原也实由于此"⑥。1924

① 鲁迅：《三闲集·序言》，《鲁迅全集》第4卷，人民文学出版社1981年版，第5页。
② 唐弢：《琐忆》，《人民文学》1961年9月号。
③ 胡适：《从思想史上看中国问题》，《胡适文集》第11册，北京大学出版社1998年版，第161页。
④ 杜亚泉：《精神救国论》，《杜亚泉文存》，上海教育出版社2003年版，第33~34页。
⑤ 蔡元培：《我之欧战观》，《蔡孑民先生言行录》，山东人民出版社1998年版，第39页。
⑥ 梁启超：《欧游心影录》，《梁启超选集》，上海人民出版社1984年版，第720~721页。

年，中国现代思想史上著名的"科玄论争"爆发次年，偏居成都的学者刘咸炘撰写了《猿与人》《文与野》等一系列文章，或许是由于刘本人是一位对激流勇进之时代大潮心向往之而又偏居思想和地理之边缘的思考者，他对主导历史变革的工具——进化论所提出的反思与质疑较蔡元培、梁启超、杜亚泉等人走得更远。刘氏不仅区分了达尔文的生物进化论与斯宾塞的社会进化论，而且站在文化相对主义立场上指斥社会进化论不能被视作普遍有效、毋庸置疑的科学真理，同时强调了进化不能等同于进步，并提出了"智进德退"的观点。①

废名对于进化论的批判无疑深受这股反思进化论的人文主义思潮的影响，而废名独特的文人姿态——一方面是诗人作家，另一方面又在思想和创作上甘居主流之外，独立不羁，边缘自守，因此他对进化论的反思与质疑，更具有其个性鲜明、蹊径独辟的现代人文主义特征。他将严复《天演论》中刻意忽略掉的社会伦理道德转换为自己的基本立场，由此出发，废名特别强调，具有传统伦理特点的中国社会，其生存发展的根本源泉在于传统道德的弘扬。这显然与五四启蒙立场所标榜的推翻一切传统的进化论思想背道而驰。但是，在这场传统与反传统、进化与反进化、现代性与反现代性论争中，废名的形象尚不能以卫道者的反动简单论之。细析其思想流脉，可以让我们对中国现代知识分子的忧国之思与强国之梦有更加真实全面的理解。

---

① 周鼎：《边缘的视界：刘咸炘对进化论的批判》，四川大学学报（哲社版），2004 年第 3 期。

（二）著《阿赖耶识论》 反社会进化论

1942 年冬，因战乱避难乡间的废名，在黄梅五祖寺山麓一个农家牛棚里，开始写作《阿赖耶识论》。在第一章《述论作之故》中，作者感言："我知道我将在达尔文进化论之后有一番话要对世人说，叫世人迷途知返，真理终将如太阳有拨云雾而现于青天之日，进化论乃蔽真理之云雾也。"① 显然，把进化论作为一个"靶子"进行审视批判，在废名心中由来已久。

早在七年前即 1935 年，废名曾写作《志学》一文，时年三十四岁的废名自称已经顿悟孔子"四十而不惑"这句话，获得了"朝闻道夕死可矣"的喜悦，"同时又是一个很大的恐惧，原来……在人生旅途当中横冲直撞，结果当头一棒令自己睁开眼睛一看，呀，背道而驰竟也走到了原处"②。这当头棒喝者何许人也？正是"十有五而志于学"的孔子。在经历了欧风美雨的荡涤，民主与科学的洗礼，以孔子为代表的中国传统文化似乎已然被"物竞天择，适者生存"的自然法则所淘汰，"吾宁忍过去国粹之消亡，而不忍现在及将来之民族，不适世界之生存而归削灭也"③ 的启蒙者们，似乎已将启迪民智、富足中华的哲学法宝——进化论注入民心。然而，废名却从自己的"志学"经历中发

---

① 废名：《阿赖耶识论》，辽宁教育出版社 2000 年版，第 1 页。
② 废名：《阿赖耶识论》，辽宁教育出版社 2000 年版，第 1 页。
③ 陈独秀：《东西民族根本思想之差异》，《青年杂志》第 1 卷第 4 号。

现，"我们当初算不得学"，从"小时在乡间读的《天演论》"，到在北大读英文，再到为北大学生开设中国古典诗文课，废名从"进化论"、西方语言文化又走回到了中国传统文化。重温古代圣人先贤，废名欣然发现"中国的历史就是中国的哲学"，中国的国富民强必须从中国自己的哲学出发，而为我们提供了中国自己的哲学根基的正是古代先贤，"我们的圣人又正是我们民族精神的代表"①。废名深为自己"本不知道有这么个处去"而感喟，"到了这个处去乃喜于自己没有失掉，其惭愧之情可知矣，其恐惧之情可知矣，不知自己尚有补过之方否，于是我有志于学"②。所学者为何？遵孔子教诲，"有志于学"的废名读《周南》《召南》并即有所悟，联想到俞平伯的《槐屋梦寻》，其间虽悠悠几千载，且都是乱世文章，但辉映的却都是民族和人伦的光辉。在此废名不仅找到了中华民族精神的制高点，而且找到了足以对抗进化论的深厚的历史文化资源——儒家思想。

但是，废名并没有直接以儒家学说与进化论交锋，而是"选择阿赖耶识论做题目"③。在"开首就以摧毁进化论为目标"的《阿赖耶识论》中，其笔笔所涉，与进化论也几乎没有直接的"交锋之点"。因为在废名看来，正如两军对垒，真理在我一方，而"进化论乃蔽真理之云雾也"④，《阿赖耶识论》要做的就是

---

① 废名：《莫须有先生传》，广西师范大学出版社 2003 年版，第 115 页。
② 废名：《阿赖耶识论》，辽宁教育出版社 2000 年版，第 1 页。
③ 废名：《阿赖耶识论》，辽宁教育出版社 2000 年版，第 2 页。
④ 废名：《阿赖耶识论》，辽宁教育出版社 2000 年版，第 1 页。

"如太阳有拨云雾而现于青天"之工作。① "我攻击的目标是近代思想，我们拥护的是古代圣人，耶稣、孔子、苏格拉底都是我的友军，我所宗仰的从我的题目便可以看得出是佛教。"而进化论虽是敌对一方，但"我说的话却不必与他有交锋之点"，因为两军对阵，"不战而屈人之兵"为上，正义一方即古代圣人只需张明旗帜，只需把"话说明白了，进化论不攻自破，世人知其为妄想可也"②。那么，由耶稣、孔子、苏格拉底和佛教所代表的一方，何以能够集合在一起，共同构成堪与进化论相对峙的基本立场呢？

我们知道，在中国历史、文化现代转型即现代化过程中，曾出现过一种与理性主义、科学主义以及现代科技工商对生命与人性产生的异化力量抗衡的人文性文化倾向。作为一种制衡性的力量，人文主义的一个主要特征就是，在文化价值的认同上，几乎无不指向一种伦理性信念或者毋宁说是一种超越时空的永恒性信仰，但这种信念（信仰）会因地域文化特征的差异和人文文化传统的不同而有所不同。西方的宗教文化可以信仰上帝，而中国的儒学传统却更强调君子由"仁"入"圣"的人格至境，并不会轻易地拿"上帝"说事，但废名是个例外。作为一个有虔诚宗教信仰的大乘佛教徒，废名对印度佛教有着深刻的领悟与体味，而对孔子的崇仰使他对儒家思想有着独特的理解，他认为儒学应该成为中国人的宗教，而且，"究其极儒佛应是一致，所谓殊途而同

① 废名：《阿赖耶识论》，辽宁教育出版社2000年版，第2页。
② 废名：《阿赖耶识论》，辽宁教育出版社2000年版，第1页。

归""儒家辟佛是很可笑的，他自己是差之毫厘，乃笑人谬以千里""世之自外其友者，未有过于儒者之于佛也"。因此，废名认为自己有责任"为儒者讲阿赖耶识，然后他们未圆满的地方可以圆满，然后他们对于真理的贡献甚大，而我只是野人献曝而已"①。选《阿赖耶识论》做题目，更直接的近因则是，收到熊十力先生"远迢迢"寄来的新著《新唯识论》。"看完之后，大吃一惊，熊先生何以著此无用之书？"② 废名认为，熊十力翁显然是受了进化论的传染，也以为"新的是对的，故他是新唯识论，以前是旧唯识了"③。废名认为，"熊先生不懂阿赖耶识而著《新唯识论》""是大错已成""故我要讲阿赖耶识"以正视听。④

因此，在废名看来著《阿赖耶识论》可一举三得：其一，用印度佛学圆满中国儒学；其二，批判熊十力之《新唯识论》；其三，进化论不攻自破。显然废名相信，他与进化论背道而驰的价值向度，是具有鲜明人文特征的中国传统社会必然的价值取向，在中国乃至世界，离开伦理道德的社会基础空谈科学理性，只能让科学误入歧途。

1947 年，在其自传体小说《莫须有先生坐飞机以后》中，废名再次重申："中国的几派人都是中了进化论的毒"，"天经地义"地认为"一切是进化的，后来的是对的"⑤。事实上，孔子的一句

---

① 废名：《阿赖耶识论》，辽宁教育出版社 2000 年版，第 2 页。
② 废名：《阿赖耶识论》，辽宁教育出版社 2000 年版，第 3 页。
③ 废名：《莫须有先生传》，广西师范大学出版社 2003 年版，第 345 页。
④ 废名：《阿赖耶识论》，辽宁教育出版社 2000 年版，第 3 页。
⑤ 废名：《莫须有先生传》，广西师范大学出版社 2003 年版，第 344 页。

"温故而知新，可以为师矣"，就足以击破进化论今胜于古、新胜于旧的简单化线性思维，"故是历史，新是今日，历史与今日都是世界，都是人生，岂有一个对，一个不对吗?"① 废名的反进化论立场在儒学与佛教所秉持的道德伦理中获得了有力的支撑，废名指斥进化论者——"什么叫做进化呢? 你们为什么不从道德说话而从耳目见闻呢? 你们敢说你们的道德高于孔夫子吗? 高于释迦吗? 如果道德不足算，要夸耳目见闻，要夸知识，须知世界的大乱便根源于此了，知识只不过使得杀人的武器更加厉害而已。进化论是现代战争之源，而世人不知"②。废名显然是"从道德说话"的，他的出发点是远古时代仁义道德至上的孔夫子和释迦牟尼。在他眼里，耶稣、孔子、苏格拉底和佛教是人类社会精神的高标，是与近代思想之以进化论为代表的科学（理性）主义相抗衡的。正如从儒家思想出发的牟宗三所指出："有些东西，比如科学知识和物质文明，是后来居上，但是并不是一切东西都是后来居上。比如关于德性、智慧这些方面的问题，现在的人并不一定比古人强，而且处处还是远不及古人。"③ 废名的话说得更为偏激，"我在许多经验之后，知道古圣贤的话都没有错的，'新'则每每是错"④。这种废名式的偏激体现了持守人文主义立场的废名的价值观。也正是这样一种回溯的姿态和价值判断，使废名坚信，"进化论是近代生物观念的代表"，但对于人类社会而言，它却是

---

① 废名：《莫须有先生传》，广西师范大学出版社 2003 年版，第 345 页。
② 废名：《莫须有先生传》，广西师范大学出版社 2003 年版，第 345 页。
③ 牟宗三：《中国哲学的特质》，上海古籍出版社 1997 年版，第 44 页。
④ 废名：《阿赖耶识论》，辽宁教育出版社 2000 年版，第 41 页。

"一个无根的妄想"①。

　　显然，由于价值视域的不同，进化论的真理性，受到了废名来自道德伦理和宗教伦理之人文视域的质疑与批判，在废名的人文视野中，人类社会应当是众生平等的，无优劣强弱之分别，有同情怜悯之爱心。正是这种闪耀着人性光辉的伦理和情感，让人类区别于自然界其他生物，也决定了人类社会无法完全套用自然界进化过程中所遵循的优胜劣败、弱肉强食的丛林法则。由此也可以看出赫胥黎之《进化论与伦理学》将自然界与人类社会分别论述，自有其道理，而严复只讲进化不问伦理，笼而统之地用泛进化论思想推进具有鲜明伦理特征的中国传统社会之变革，其历史功绩固不可没，但历史局限与偏颇亦不可不予指正。

（三）坚守人文立场　反对唯科学主义

　　进化论在中国之所以变成"人人的口头禅"，既是因为严复《天演论》所阐扬的社会达尔文主义思想契合了时人救亡图存的民族主义心理，同时也与它自称的科学性不无关系，随着郭颖颐所谓"唯科学主义"在现代中国的兴起，进化论所拥有的科学权威性更是日益彰显，所以，进化论几乎未受任何质疑和批评，便被国人视作一种科学而接受了。事实上，自严复开始，似乎就很少有人有意区分进化论中蕴涵着的两个面相：达尔文的生物进化论与斯宾塞的社会进化论。

---

① 废名：《阿赖耶识论》，辽宁教育出版社 2000 年版，第 1 页。

废名也并没有从根本上对生物进化论和社会进化论进行区分，但是在他心目中，达尔文进化论应该是一个生物学中的概念。他曾质问：对于进化论，"大家都不是研究生物学，何以断章取义便认为是天经地义呢"①？废名把盛行于中国的进化论思想统视为科学主义的产物，并将进化论的科学实用理性与印度佛学的非实用性宗教伦理相对举，强调在社会道德领域，进化论是一个"无根的妄想"，而科学家对印度佛学的态度——"动斥彼为'宗教'，一若宗教便是感情，便是迷信，便是一个野蛮的东西，此科学家之最应该反省者也"②。

在此，废名之所以要求科学家反省，也正是基于中国现代启蒙运动所独具的氛围与背景。

众所周知，中国的现代启蒙运动由于其缘起于救亡图强的功利性历史目的，虽然也是在文化、思想领域中展开，但从一开始便被规定为工具理性的行为，表现为实用的历史态度，这也就势在必然地将中西文化纳入于"中西/古今"的价值判断的框架之内，对以人文性为特征的中国传统文化进行了整体性的否定。陈独秀曾将西方文化与中国文化的差异概括为"以战争为本位"与"以安息为本位"、"以个人为本位"与"以家族为本位"、"以法治为本位"与"以情感为本位"、"以实利为本位"与"以虚文为本位"的不同上。③ 不难看出，其条条针砭所

---

① 废名：《莫须有先生传》，广西师范大学出版社 2003 年版，第 344～345 页。
② 废名：《阿赖耶识论》，辽宁教育出版社 2000 年版，第 2 页。
③ 陈独秀：《东西民族根本思想之差异》，《青年杂志》第 1 卷第 4 号。

指，皆为中国传统文化的人文性特征。而陈独秀判断的依据，即来自为其所由衷服膺的孔德主义文化进化论，认为当今世界已进入科学实证时代，传统的人文性文化早已成为历史进步的障碍。这一切，当然都不应成为否定现代启蒙运动之成为历史必然选择和伟大历史功绩的理由。但是以今天所应具有的历史、文化觉悟而言，倘若只在历史的涛声中听取陈独秀从进化论的角度发出的声音，而全然无视废名等人从反进化论亦即宗教的人文的视域里投射而来的目光，甚至依然视人文主义思潮为历史"逆流"而忽视其应运而生的历史必然性及其不可或缺的重要作用，则为人文学者的失职。

事实上，在中国历史、文化现代转型即现代化过程中，"现代人文主义"作为一种制衡性的力量，始终以其特异而丰富的人文性倡导与历史、文化变革的主导观念对峙互动、相伴而行。就其特质而言，人文文化不相信理性（科学）万能，也不相信"人"的力量可以主宰一切，相反，对于未可知的世界和人类命运倒是永怀着一种虔诚的敬畏之心，且把人文关怀和对人文信念的自觉持守与践行，看作个体生命乃至人类全体对随时都可能发生的异化危机的自我救赎，废名就是这样一个"杞人忧天"的人。

抗战胜利后，废名乘飞机返回北大续任教职。历经战乱流离，交通阻塞，与师友近十载音信难通之后，废名第一次借了现代物质文明之光，乘飞机"从甲地到乙地"，然而，废名却毫不领情，没有表现出一丝一毫对现代科技的感激与崇仰，相反却"无端"

发出了这样一番遐想："世界将来没有宗教，没有艺术，也没有科学，只有机械，人与人漠不相关，连路人都说不上，大家都是机器中人"，这样的生活是现实中国所需要的吗？废名的回答是："咱们中国老百姓……不在乎这个物质文明，他们没有这需要，没有这迫切，他们有的是岁月，有的是心事。"① 废名的言论无疑有其显而易见的偏激，却也正是中国历史现代转型过程中，一位诗人作家，从非政治、非经济的视角所投射出的独特的人文主义视线，在此人文视野中，"咱们中国老百姓"的"岁月"与"心事"是什么呢？这就是废名在《莫须有先生坐飞机以后》要告诉世人的——中国老百姓物质生存的独特方式与精神依托的传统家园，即所谓的中国国情。

在废名看来，机械化与现代化并不能完全成就一个民族的健康与幸福。"我这回坐飞机以后，发生一个很大的感想，即机器与人类的幸福问题。"② 持守人文主义立场的废名，并不否认科学理性所带来的机械化、现代化是历史进程的必然方向，他坚信"机械总会一天一天发达下去，飞机总会一天一天普及起来"，但是，"机械发达的国家，机械未必是幸福"。③ 在机械发达、飞机普及之后，废名最担心的是"中国读书人将来个个坐飞机走路，结果把国情都忘掉了"，而"在机械绝不曾发达的中国民族而购买物质文明，几何而不等于抽鸦片烟呢？谋国者之心未必不是求

① 废名：《莫须有先生传》，广西师范大学出版社 2003 年版，第 115 页。
② 废名：《莫须有先生传》，广西师范大学出版社 2003 年版，第 114 页。
③ 废名：《莫须有先生传》，广西师范大学出版社 2003 年版，第 115 页。

健康，其结果或至于使国家病入膏肓呢"①？怎样才使坐上飞机以后享受现代物质文明的中国人，精神也能同样强大？废名以为，传统文化是中华民族的精神源泉——"我们何不去求求我们的黄老之学？我们何不去求求孟夫子的仁政？我们何不思索思索孔夫子'节用而爱人'的意思，看看大禹'菲饮食而致孝乎鬼神，恶衣服而致美乎黻冕，卑宫室而尽力乎沟洫'的榜样呢？你将说我的话是落伍，咱们的祖先怎抵得起如今世界的潮流？须知咱们的病根就在于不自信，不自信由于不自知""咱们为什么妄自菲薄，甚至于数典忘祖，做历史考证把'三过其门而不入'的古圣人否认了呢？这便叫做丧心病狂。这种人简直不懂历史"②。而一旦机械发达飞机普及，飞离了土地的人们是否会更加不懂得历史，遗忘了传统呢？必须趁早计议！因此，在火车尚未通达的中国，废名已经开始顾虑飞机普及之后，依托于土地生存的中国百姓，"生而为人"却"失掉了'地之子'的意义"。废名自知这份顾虑"未免太早计了"，但仍要"见卵而求时夜，见弹而求鸮炙"，为众人留下他深入现实民间了解中国国情的记录——"坐飞机以前抗日战争期间在故乡的事情"③。废名认为，《莫须有先生坐飞机以后》记录的思考的是中国的历史，也是中国的现实，中国百姓的物质生存与精神寄宿皆无法超离这样的历史与现实。

废名这份"杞人忧天"的早虑，让我们想起特里弗斯（Rob-

---

① 废名：《莫须有先生传》，广西师范大学出版社 2003 年版，第 115 页。

② 废名：《莫须有先生传》，广西师范大学出版社 2003 年版，第 115 页。

③ 废名：《莫须有先生传》，广西师范大学出版社 2003 年版，第 116 页。

ert L. Trivers）在《自私的基因》一书的序言中说过的话："现代
生物学告诉我们，即便是我们的子孙后代，事实上也无法真正延
续我们自己。……数代的传递之后，我们同子孙之间的亲缘关系
同任何一个陌生人之间可能就已经相差无几。而在人类社会中，
代代相传的更重要的东西是文化传统和观念，是它们将人群凝聚
在一起。而我们拥有什么样的未来，从根本上来说取决于我们相
信什么。"① 显然，废名不想让国人忘记把中华民族凝聚在一起的
代代相传的文化传统和观念，他把中国老百姓寄宿于民族传统中
的精神生存，提升到了一个与物质生存同等甚至更加重要的地位，
或者说，废名从根本上就认为，中国老百姓的物质生存与精神生
存是共同寄寓于中国的文化传统当中的。正是在这样的乡村中国
之传统氛围里，废名表达了他对"理性（科学）万能"的质疑和
对未可知的世界与人类命运的虔诚与敬畏。

应该看到，作为一种思想态度、价值指向，废名以印度佛教
和传统儒学为内核的"人文主义"向度，它对抗理性主义、科学
主义但并不摒弃理性和科学，废名每每以科学家的论理方式来
"以子之矛，攻子之盾"；它持守的是信念伦理但并不排除其与责
任伦理之间的互通性关系，同时，为传统中国之世道人心在儒家
文化中寻找安身立命的根本；此外，它还相信人文和科学"可以
互相补充，因为它们在探究和解释的方式上存在根本区别"②。而
进化论却无视这种区别，借科学之名肆意越界，"做了近代社会

---

① 里查·道金斯著、卢允中等译：《自私的基因》，科学出版社 1981 年版。
② 《简明不列颠百科全书》卷 6，中国大百科全书出版社 1986 年版，第 760 ~ 761 页。

一切道德的标准"①，这是废名坚决不能认同的。因此，逃难之中的废名自云，"于穷村荒山之间"写作《阿赖耶识论》，是主动承担了如"孟夫子'我亦欲正人心息邪说'"之责任。②

这样的责任担承，对废名而言绝非一部《阿赖耶识论》可以完成，作为诗人、小说家，废名的文学书写对于进化论的"反动"一以贯之，尤其是在他的乡村文学叙事中，鲜明的反现代性主题成为废名反进化论思想在其乡土文学想象中的形象展开。

二、对峙现代性：废名的乡土文学想象

20世纪中国文学乡村叙事不容置疑的主题，就是启蒙立场对愚昧乡村的彻底批判。在此主题之下，乡土是一块孤寂、空虚、悲苦、绝望的蛮荒之地，被流言逼疯的良家妇女，把活人水葬的野蛮乡风，冥婚背后死不觉醒的悲哀，压抑、萧瑟和破落的氛围，弥散在20世纪乡土小说的叙事基调中。这些在主流文学家笔下被重笔勾描的历史景观，我们已经相当熟悉。然而，同样是这样一片乡土，在废名笔下却是儿女翁媪事，柳绿草色青。"种菜又打鱼"的老汉，洗衣喂鸡的少女，"绿团团的坡"和"一天一天的绿得可爱"的菜园。这难道也是20世纪20、30年代的乡村中国吗？是的，这是人文视野下的乡村中国，是废名审美情感真诚而

---

① 废名：《阿赖耶识论》，辽宁教育出版社2000年版，第1页。
② 废名：《阿赖耶识论》，辽宁教育出版社2000年版，第1页。

深切的投射，而这样纯粹静谧的乡村怀想在中国现代文学的乡村叙事中"自然离那新要求更远了"①，但却并非废名所独有。

刘西渭就说过："我先得承认我是个乡下孩子，然而七错八错，不知怎么，却总呼吸着都市的烟氛。身子落在柏油马路上，眼睛触着光怪陆离的现代，我这沾满了黑星星的心，每当夜阑人静，不由想往绿的草、绿的河、绿的树和绿的茅舍。"② 萧乾在解释其《篱下集》时，也明确表示："《篱下》企图以乡下人衬托出都会生活。虽然你是地道的都市产物，我明白你的梦，你的想望却都寄托在乡村。"③ 师陀则在《果园城》写道，"我"一到果园城便"要用脚踩一踩这里的土地""这里的每一粒沙都留着我的童年，我的青春，我的生命"④。在中国现代文学中，这种对乡土性精神家园的文学想象，对旧时乡土情景和人性化氛围的倾情描绘和情感依恋，构成了一道别有意味的文学景观，而废名则是这道风景中堪称典范的一笔。

沈从文曾说："自己有时常觉得有两种笔调写文章，其一种，写乡下，则仿佛有与废名先生相似处"⑤，都是"努力为仿佛我们世界以外那一个被人疏忽遗忘的世界，加以详细的注解，使人有

---

① 沈从文：《现代中国文学的小感想》，《文艺月刊》第一卷五号，1930 年 12 月 15 日。
② 李健吾：《〈画廊集〉——李广田先生作》，《咀华集·咀华二集》，复旦大学出版社 2005 年版，第 72 页。
③ 萧乾：《给自己的信》，《水星》第 1 卷第 4 期。
④ 师陀：《〈果园城记〉序》，《师陀全集》第 1 卷（下），河南大学出版社 2004 年版，第 452 页。
⑤ 沈从文：《〈夫妇〉篇后记》，《小说月报》，第 20 卷 11 号，1929 年 11 月 10 日。

对于那另一世界憧憬以外的认识"①。这个"被人疏忽遗忘的世界"，经由废名简约纤细的笔墨精心勾绘，"一切与自然谐和，非常宁静"② 的乡村田园图景渐次呈现，没有鲁迅"故乡"的苍凉与冷漠，也没有沈从文"湘西世界"的阔大和人际间漫溢着的真淳与自然的神韵，《竹林的故事》《桃园》《菱荡》……只在一角自然中展现着乡村人物的苦乐，没有冲突，无迹可见而又处处透显着的以"平静"为底蕴的人生精神，内蕴的禅意与古典诗歌的意境相得益彰。

在这里，我们看到废名乡土文学想象所持守的立场与沈从文并无二致，都是"一个忠诚于自己信仰的作者"，"还不缺少勇气，想把他的文字，来替他所见到的这个民族较高的智慧、完美的品德，以及其特殊社会组织，试作一种善意的记录"。③ 这种与视文学为历史工具的观点相抗衡的宣示此后被沈从文一再表述，而风致有所不同的废名，却并无这样的"异帜"高张。在废名早期的乡土文学叙事中，他的审美情感完全践行于他生命的伦理情感，用他自己的话说，就是"只按照自己的兴味做了一部分所喜欢的事"④。

废名的生命中有一儿一女，儿子名纯，女儿名慈。这一儿一

---

① 沈从文：《论冯文炳》，《沈从文全集》卷16，北岳文艺出版社2002年版，第150页。
② 沈从文：《论冯文炳》，《沈从文全集》卷16，北岳文艺出版社2002年版，第150页。
③ 沈从文：《〈凤子〉题记》，《沈从文全集》卷7，北岳文艺出版社2002年版，第79页。
④ 沈从文：《论冯文炳》，《沈从文全集》卷16，北岳文艺出版社2002年版，第150页。

女是废名生命的延展，也是废名生命的至爱，而"纯"与"慈"二字，不仅传达了废名"为人父，止于慈"的醇厚仁爱的目光，也极为凝练地传达了废名对这个世界最深情也是最深刻的瞩望。"纯"与"慈"正是废名展开其文学想象的一对羽翼，它们使废名特色独具的文学天空异常清澈而又别样厚重。

（一）"纯"之乡土想象

1925 年，废名的第一部小说集《竹林的故事》问世，1928 年，第二个集子《桃园》出版，沈从文欣喜地赞叹："作者的作品，是充满了一切农村寂静的美。差不多每一篇都可以看得到我们所熟悉的农民，在一个我们所生长的乡村，如我们同样生活过来的活到那地上。不但那农村少女动人清朗的笑声，那聪明的姿态，小小的一条河，一株孤零零的长在菜园一角的葵树，我们可以从作品中接近，就是那略带牛粪气味与略带稻草气味的乡村空气，也是仿佛把书拿来就可以嗅出的。作者所显示的神奇，是静中的动，与平凡的人性的美。"① 而这神奇的"静"与"美"，是废名用爱悦的心、纤细的笔、淡淡的文字创作出来的。身居都市的废名，何以能够"用平静的心，感受一切大千世界的动静，从为平常眼睛所疏忽处看出动静的美，用略见矜持的情感去接近这

---

① 沈从文：《论冯文炳》，《沈从文全集》卷 16，北岳文艺出版社 2002 年版，第 146 页。

一切"① 呢？那是废名凭借了一双不平常的眼睛。

1. 静若远古　美如唐诗——纯真的童年视角

你永远是一个顽皮的孩子，古性不改。②

——《纺纸记》

在中国文学的传统叙事中，家国天下从来是不可分离的，而在乡土文学的叙事者眼里，乡土与国家更具有一种"能指"与"所指"的关联性，他们看视中国乡村故土的目光和态度，实际上就是看待中国传统的目光和态度。在 20 世纪中国历史文化的现代转型中，在以进化论为代表的现代性视域里，乡村与中国无疑都是灰暗、落后与衰败的，而废名坚定的反社会进化论立场，使他对视传统、回望乡村时的目光显得别样亲切与柔和。那是一个人追忆儿时故乡的目光——单纯、清澈、幻美，即便是现代启蒙的斗士如鲁迅者，一旦遭遇这样的目光，也会顿生清纯静美的欣悦之情。"我有一时，曾经屡次忆起儿时在故乡所吃的蔬果：菱角、罗汉豆、茭白、香瓜。凡这些，都是极其鲜美可口的；都曾是使我思乡的蛊惑。"③ 这是"鲁迅热情的另一面"——"向

---

① 沈从文：《论冯文炳》，《沈从文全集》卷 16，北岳文艺出版社 2002 年版，第 145 ~ 146 页。

② 废名：《竹林的故事》，广西师范大学出版社 2003 年版，第 394 页。

③ 鲁迅：《朝花夕拾·小引》，《鲁迅全集》第 2 卷，人民文学出版社 1981 年版，第 236 页。

'过去'凝眸"，"表示对于静寂的需要与向往"①。废名固然没有鲁迅那样的丰富，他缺失了鲁迅热情的一面，却把"鲁迅热情的另一面"——对现世退避和对静寂的向往——发展到了极致，他陶醉于"向'过去'凝眸"的诗性回忆里，甚至沉湎于童年故乡永恒的纯真岁月里，不肯长大。

> 到今日，我们走进那祠堂那一间屋子里（二十年来这里没有人教书），可以看见那褪色的墙上许多大小不等的歪斜的字迹。这真是一件有意义的发现。字体是那样的孩子气，话句也是那样孩子气，叫你又是欢喜又是惆怅，一瞬间你要唤起了儿时种种，立刻你又意识出来你是踟蹰于一室之中，捉那不知谁的小小的灵魂了。②
>
> ——《桥·万寿宫》

在宇宙观上，由于废名反对线性进化的时间观，视新胜于旧、今胜于昔的进化论观点为大谬不道，他倾向于佛教既永恒又循环的时间观，更欢喜于孔子"温故而知新，可以为师矣"的古训。因此由"温故"出发，废名的视线一直回归到了的最纯真的童年乡村，在这种回溯的童年视域里，乡土是被童年的单纯与清澈过滤后的绿色家园，有自然四季之更迭，无生命"进化"之痕迹。

---

① 沈从文：《由冰心到废名》，《沈从文全集》卷16，北岳文艺出版社2002年版，第273页。
② 废名：《竹林的故事》，广西师范大学出版社2003年版，第190页。

乡土中人的生命被回归于周而复始、恒久而纯粹的自然状态，《桥》中的小林、琴子、细竹宛若桃源中人，"不知有汉，无论魏晋"，生命的历程从两小无猜到两情相悦，一切近乎自在天然。即便小林外出求学重返乡土，也未带来任何社会性冲突。在平静的叙事基调下，无论是童年时光"万寿宫丁丁响"的单纯，还是青年时代"桃林"追逐的轻叹，生命的年轮可以扩展，生活的场景可以转换，但内在的情愫却纯真如一，始终不变。社会变革的波澜，历史进步的惊涛，蓬发稚子的成长，一男两女的情爱，凡此种种能在现代小说中构成情节冲突和主题突显的元素，在废名笔下无一对宁静中享受生命过程的欣悦构成些许冲决。

这样的静谧与单纯，显然与废名将"现代"与"自然"相对立，坚守反现代性的人文主义立场直接相关。

废名在《莫须有先生坐飞机以后》曾有过这样一番话：

> 当我在南京时，见那里的家庭都有无线电收音机，小孩子们放午学回来，就自己大收其音，我听之，什么旧戏呀，时事广播呀，震耳欲聋，我觉得这与小孩子完全无好处，有绝大的害处，不使得他们发狂便使得他们麻木，不及乡下听鸟语听水泉多矣。古人说丝不如竹，竹不如肉，以其渐近自然，倘若听了今日的收音机真不知道怎样说哩。①

废名的反现代性立场使他在其乡土叙事中用纯真的童年视

---

① 废名：《莫须有先生传》，广西师范大学出版社 2003 年版，第 114 页。

角遮蔽了"进化"与"现代"。在镜花水月般的《桥》中，小林"他到了些什么地方，生活怎样，我们也并不是一无所知，但这个故事不必牵扯太多，从应该讲的地方讲起"①。在应该如此的"小孩子"的世界里，非但没有无线电一类的现代音响，而且触目所及不是"绿油油的一片稻田上一簇瓦屋"，便是"稻田下去是一片芋田！好白的水光。团团的小叶……好像许许多多的孩子赤脚站在水里"。或者，"一座村庄，几十步之外，望见白垛青墙，三面是大树包围，树叶子那么一层一层地绿，疑心有无限的故事藏在里面"②。只有儿童清澈的目光和神秘的好奇，才会幻化出如此清新亮丽而又富于色彩的乡土想象。这样的童年视角，使"小林每逢到一个生地方，他的精神同他的眼睛一样，新鲜得现射一种光芒。无论这是一间茅棚，好比下乡'做清明'，走进茶铺休歇，他也不住地搜寻，一条板凳，一根烟管，甚至牛屎搭的土墙，都给他神秘的欢喜"③。这种欢喜之中所表达的，其实正是作者本人对中国乡村，对黏附于中国乡村草木泥土之上的古老神秘而又宁静自足的传统文化由衷地眷念与爱恋。

废名小说中的人物远离现代性的喧嚣，安静地长养于竹喧鸟语的天然环境中。《竹林的故事》里，林中种菜的母女似世外仙人，"锣鼓喧天，惊不了她母子两个，正如惊不了栖在竹林的雀子"④。出了竹林，卖菜的三姑娘，"白菜原是这样好，隔夜没有

---

① 废名：《竹林的故事》，广西师范大学出版社 2003 年版，第 227 页。
② 废名：《竹林的故事》，广西师范大学出版社 2003 年版，第 176～177 页。
③ 废名：《竹林的故事》，广西师范大学出版社 2003 年版，第 177 页。
④ 废名：《竹林的故事》，广西师范大学出版社 2003 年版，第 86 页。

浸水，煮起来比别人的多，吃起来比别人的甜了"①。小说中几乎没有情节冲突，而不经意间擦肩而过的新与旧、动与静、物质与精神的对视，也总是前者自惭形秽，主动避让。三姑娘"穿的是竹布单衣，颜色淡得同月色一般——这自然是旧的了，然而倘若是新的，怕没有这样合适"。"三姑娘是这样淑静，愈走近我们，我们的热闹便愈是消灭下去，等到我们从她的篮里捡起菜来，又从自己的荷包里掏出了铜子，简直是犯了罪孽似的觉得这太对不起三姑娘了。"经年未见，竹林偶遇，"我急于走过竹林看看，然而也暂时面对流水，让三姑娘低头过去"②。

　　竹林中的一切是那样的清纯静美，林中的茅屋菜园，园里的一菜一蔬，三姑娘的一颦一笑，微风春水一般，令人心驰神往。废名说："《竹林的故事》最初想以'黄昏'为名，以一位希腊女诗人的话做卷头语——'黄昏呵，你招回一切，光明的早晨所驱散的一切，你招回绵羊，招回山羊，招回孩子到母亲的旁边'"。③那么，在《竹林的故事》里，废名想要招回的是什么呢？或许正是这古旧的、天然的、宁静的、纯美的、反现代的童年乡村和古老传统。这样的黄昏眷恋，魂牵梦绕，表达的正是在中国历史现代转型中乡土文学的另一种姿态——以纯净的童年乡村对峙喧嚣的现代文明，让那梦一样的过去，成为诗一般的永恒。

---

① 废名：《竹林的故事》，广西师范大学出版社 2003 年版，第 87 页。
② 废名：《竹林的故事》，广西师范大学出版社 2003 年版，第 88 页。
③ 废名：《说梦》，止庵：《废名文集》，东方出版社 2000 年版，第 54 页。

　　老程除了种菜，也还打鱼卖。四五月间，淫雨之后，河里满河山水，他照例拿着摇网走到河边的一个草墩上——这墩也就是老程家的洗衣裳的地方，因为太阳射不到这来，一边一棵树交阴着成一座天然的凉棚。水涨了，搓衣的石头沉在河底，剩现绿团团的坡，刚刚高过水面，老程好像乘着划船一般站在上面把摇网朝水里兜来兜去；倘若兜着了，那就不移地转过身倒在挖就了的荡里——三姑娘的小小的手掌，这时跟着她的欢跃的叫声热闹起来，一直等到碰跳碰跳好容易给捉住了，才又坐下草地望着爸爸。①

　　真可以说，废名笔下的陶家庄就是陶渊明住的陶家庄，史家庄就是唐诗里的史家庄。沈从文曾经预言，废名"作品中所写及的一切，算起来，一定将比鲁迅先生所有一部分，更要成为不应当忘去而已经忘去的中国典型生活的作品，这种事实实在是当然的"②。

2. 花红柳绿　水色清清——纯美的乡村田园

　　"自然总是美丽的"，"美丽是使人振作的，美丽有益于人生。"③

——《桥·蚌壳》

---

① 废名：《竹林的故事》，广西师范大学出版社 2003 年版，第 84~85 页。
② 沈从文：《论冯文炳》，《沈从文全集》卷 16，北岳文艺出版社 2002 年版，第151 页。
③ 废名：《竹林的故事》，广西师范大学出版社 2003 年版，第 384 页。

被童年的目光过滤之后，乡村中人回到了过去，而过去带给童年的最单纯的欢乐则是乡村大地上的自然万物。废名追忆自己的童年时曾说："只有'自然'对于我是好的，家在城市，外家在距城二里的乡村，十岁以前，乃合于陶渊明的'怀良辰以孤往'，而成就了二十年后的文学事业。"① 在废名的乡土文学叙事中，绿树、红花、水色这些自然界中最生机盎然的底色，构成了他的乡村基色。

水是生命源远流长的根基与象征，汤汤流水，流淌着千百年来中国乡村浣衣淘米的日常起居，滋养着乡村儿女天然纯净的俊秀与灵气。水也会汹涌咆哮，但是，在废名笔下它却"总是柔软的，平和的，静静地流着。"② 波澜不惊，生生不息。

　　一条河，差不多全城的妇女都来洗衣，……河本来好，洲岸不高，春夏水涨，不另外更退出了沙滩，搓衣的石头挨着岸放，恰好一半在水。③

——《桥·洲》

　　屋后竹林，绿叶堆成了台阶的样子，倾斜至河岸，河水沿竹子打一个湾，潺潺流过。这里离城才是真近，中间就只

① 废名：《黄梅初级中学同学录序三篇》，止庵：《废名文集》，东方出版社 2000 年版，第235页。
② 汪曾祺：《文与画》，山东画报出版社 2005 年版，第6页。
③ 废名：《竹林的故事》，广西师范大学出版社 2003 年版，第185页。

有河，城墙的一段正对了竹子临水而立。①

——《菱荡》

有水的地方自然布满了生命的绿，不仅有竹子临水而立，菖蒲、杨柳、芭茅、松树、棕榈、枫树、桃林……水与绿所构成的自然景观和生命意象，在废名乡村叙事中，"是把书拿来就可以嗅出的"②，那种水生绿、绿怡情、情绕人的乡村自然，真真切切，清清爽爽，令人心醉神迷，流连忘返。

出城一条河，过河西走，坝下有一簇竹林，竹林里露出一重茅屋，茅屋两边都是菜园。③

——《竹林的故事》

菱荡属陶家村，周围常青树的矮林，密得很。走在坝上，望见白水的一角。荡岸，绿草散着野花，成一个圆圈。两个通口，一个连菜园。④

——《菱荡》

被乡村的绿映衬着的是乡野上的花，却也都是极平常的花：

---

① 废名：《莫须有先生传》，广西师范大学出版社 2003 年版，第 398 页。
② 沈从文：《论冯文炳》，《沈从文全集》卷 16，北岳文艺出版社 2002 年版，第 146 页。
③ 废名：《竹林的故事》，广西师范大学出版社 2003 年版，第 238 页。
④ 废名：《竹林的故事》，广西师范大学出版社 2003 年版，第 398 页。

荞麦花、油菜花、金银花、牵牛花、杜鹃花、玫瑰花、桃花红、梨花白……废名的乡村不止有稻田、麦田、芋田，花是乡村诗意的点缀，甚至是诗意的铺展。

> 菱荡圩算不得大圩，花篮的形状，花篮里却没有装一朵花，从底绿起——若是荞麦或油菜花开的时候，那又尽是花了。①
>
> ——《菱荡》

在芳草绵绵、野花缀岸的水边，水清无鱼，浅水澄沙，花下乘荫的人儿，看一对燕子飞过坡来。

> 这个鸟儿真是飞来说绿的，坡上的天斜到地上的麦，笼麦青青，两只眼睛管住它的剪子笔径斜。②
>
> ——《桥·茶铺》

这样的田园诗境，这样的画意诗情，废名完全是在为中国古老的乡村田园吟诗，为陶渊明的陶家村和唐诗里的史家村作画。而在此画境当中，情因景生，人与境谐，天人合一，物我两忘。人在这样的画意诗情当中，似乎也可以餐风饮露，无需人间烟火了。由此，废名小说中原本已被童年视角消解掉的生计问题，更

---

① 废名：《竹林的故事》，广西师范大学出版社2003年版，第399页。
② 废名：《竹林的故事》，广西师范大学出版社2003年版，第238页。

被天地自然的画意诗情彻底遮蔽，人与自然融为一体，生命按照大自然赐予的方式，自由舒展。

> 陶家村门口的田十年九不收谷的，本来也就不打算种谷，太低，四季有水，收谷是意外的丰年。（按：陶家村的丰年是岁旱。）水草连着菖蒲，菖蒲长到坝脚，树阴遮得这一片草叫人无风自凉。陶家村的牛在这坝脚下放，城里的驴子也在这坝脚下放。人又喜欢伸开他的手脚躺在这里闭眼向天。[1]
>
> ——《菱荡》

这确乎就是世外桃源了。30年代曾有评论者说，《桥》"这本书没有现代味，没有写实成分，所写的是理想的人物，理想的境界。作者对现实闭起眼睛，而在幻想里构造一个乌托邦……这里的田畴，山，水，树木，村庄，阴晴，朝，夕，都有一层缥缈朦胧的色彩，似梦境又似仙境。这本书引读者走入的世界是一个'世外桃源'"[2]。而废名也确实要在现代的喧嚣中做一个桃源寻梦人。"此时倘若有人问他，做什么人最好，他一定毫不踌躇的答应是上这条路的人了。"这条路通往何处？——桃花湾。"他设想桃花湾正是这山的那边，他有一个远房亲戚住在桃花湾，母亲说是一个山脚下。"[3] 这里有"十几亩地，七八间瓦屋，一湾小溪，

---

① 废名：《莫须有先生传》，广西师范大学出版社2003年版，第399页。
② 灌婴：《桥》，《新月》1932年2月1日第4卷第5期。
③ 废名：《竹林的故事》，广西师范大学出版社2003年版，第223页。

此刻真是溪上碧桃多少了"①。

3. 礼俗乡村　古风蔼然——醇厚的古道风情

最美的自然，还是人类的情感。②

——《桥·荷叶》

终究，人还是社会性的，依循自然法则长养于万物自然中的乡村农人，其社会性生存又依赖怎样的礼俗制度和道德法则呢？废名的视线依然回溯到了远古。

在价值观上，废名视古圣先贤为人类精神的至高境界，尧舜禹汤是道德社会的楷模典范。"圣人之于真理，正如易牙之于味，师旷之于声音，我们能说我们的耳目是进步的吗？我们能说古人的耳目是闭塞的，到现在才开通了吗？不是的，……真理不待今日发现，圣人先得我心之所同然。故我们必得信圣人。"③ 这种与进化论背道而驰的观点，使废名小说中的人物活在了现代中的"古代"。在那静若远古、美如唐诗的中国乡村，人情礼俗古朴淳厚，邻里睦恕，夫妻恩爱，情而不淫，哀而不伤。

《浣衣母》中的李妈，原本是一个比祥林嫂更祥林嫂的悲剧人物。酒鬼李爷在李妈还年轻的时候，"确乎到什么地方做鬼去了，留给李妈的：两个哥儿，一个驼背姑娘"④。然而，不可挽回

---

① 废名：《竹林的故事》，广西师范大学出版社 2003 年版，第 314 页。
② 废名：《竹林的故事》，广西师范大学出版社 2003 年版，第 343 页。
③ 废名：《竹林的故事》，广西师范大学出版社 2003 年版，第 345 页。
④ 废名：《竹林的故事》，广西师范大学出版社 2003 年版，第 31 页。

的命运是：驼背姑娘死了，两个哥儿在李妈的诅咒中，一个真的死了，一个不知逃到什么地方当兵。李妈算是熟悉"死"的了。可是，她非但没有如鲁镇上的祥林嫂一样被视为不吉之人，最终被鲁四老爷之封建礼教迫害成"眼睛间或一轮"的活物，相反却"受尽了全城的尊敬"与同情，而李妈只不过是一个洗衣浆补的下人。

驼背姑娘死后：

> 李妈要埋在河边的荒地，王妈嘱人扛到城南十里的官山。李妈情愿独睡，王妈苦赖在一块儿做伴。这小小的死，牵动了全城的吊唁：祖父们从门口，小孩们从壁缝；太太用食点，同行的婆子用哀词。①
>
> ——《浣衣母》

于是，"李妈也便并不十分艰苦一年一年地过下去"②，甚至比邻居更容易度日。原因是，李妈的勤谨、慈悲、宽厚、仁爱散布在她有水有树的茅屋门前，让她成为神圣的"公共的母亲"——嬉戏的孩子，得她糖果玩具的照拂；卖柴的乡人，得她"一大杯凉茶""几件时新的点心"；守城的士兵，得她洗衣烧菜的母爱。李妈让熟悉或陌生的乡人得到了他们"活在世上最大的欢喜"，而回馈的情谊也经由邻人的菜食、乡人的皂荚和兵士的

---

① 废名：《竹林的故事》，广西师范大学出版社 2003 年版，第 36 页。
② 废名：《竹林的故事》，广西师范大学出版社 2003 年版，第 36 页。

柴火，传送到李妈的茅屋和她的心底。然而，一位单身汉设在的李妈树荫下的茶座结束了这一切，汉子似以奉母的心思经营茶座，赚取米钱，而"李妈也就过着未曾经验的安逸了。然而寂寞"，最终，谣言让"那汉子不能不走"。这谣言表面上看似乎是妇人口德不佳，深究一步，或可称封建礼教害人。但废名终究不是鲁迅，归根到底，是这个每碗茶值四十文钱的茶座，把"富人的骄傲，穷人的委随，竞争者的嫉妒，失望者的丧气，统行凑合一起"①。最终让李妈在安逸与寄托中却体会了从未有过的寂寞与冷清。其实，是废名坚定的反现代性立场，赶走了这外来的、热闹的、赚钱的茶座。"李妈在这世界上惟一的希望，是他的逃到什么地方的冤家，倘若他没有吃枪子，倘若他的脾气改过来。"② 在废名眼里，家族睦邻，仍是维系礼俗社会的基本要素，尽管它绝非尽美尽善，但当道德与功利相碰撞时，道德的力量仍显居高处。

在最为现代作家所钟情的爱情描写中，废名的用笔也极尽天然本色，恋爱表达不是成长的烦恼、情欲的苦闷或进步与落后的观念，废名笔下的爱情"发乎情，止乎礼"，一切皆中法度，一派君子风范，仿佛是"关关雎鸠"的时代，那些发生在水边的爱情故事——自然、纯真、美丽。

　　她说着坐下了，同时低下头一看——一个不自觉的习惯而已，人家说衣裳，她就看衣裳。她晓得小林是说她换了衣

---

① 废名：《竹林的故事》，广西师范大学出版社 2003 年版，第 37 页。
② 废名：《竹林的故事》，广西师范大学出版社 2003 年版，第 38 页。

裳！并没有细听他的话。实在这算得什么呢，换了一换衣？就说"神秘"，这东西本身亦是不能理会的了，所谓自有仙才自不知。小林，他是站着，当她低头，他也稍为一低眼——观止矣！少女之胸襟。①

——《桥·诗》

小林与琴子有婚约，爱琴子也爱细竹，日则三人同游，夜则隔墙而宿，看姑娘对镜梳头，听少女呢喃入梦，心中虽有欲念，却同样"行止矣"。

可爱的姑娘和衣而寐，不晓得他的睡意从哪里表现出来？好好的一个白日的琴子。大概他没有看见她闭过眼睛，所以也就无从着手，不用心。……他也就真渗透了"夜"的美。居然记不起那领子的深浅——一定是高领，高得是个万里长城！结果懵懵懂懂地浮上一句诗："鬓云欲度香腮雪。"究竟琴子擦粉了没有呢？②

——《桥·天井》

是什么净化纯化着乡村的情感？在古老的乡村中国，乡村情感——无论是家族亲情还是男女爱情，抑或是去乡者的怀乡之情，无一不是黏着在鲜活可亲的乡风民俗之上。在礼俗社会，乡风民

---

① 废名：《竹林的故事》，广西师范大学出版社 2003 年版，第 276 页。
② 废名：《竹林的故事》，广西师范大学出版社 2003 年版，第 280 页。

俗以最悠远最持久也是最日常最有力的方式规约着乡村的情感与秩序。废名的乡村叙事对民间礼俗表现出极大的亲和力，他纤细清丽的笔墨对民间的送牛、放猖、龙灯、节庆、庙会、集市、送路灯乃至婚丧嫁娶多有出神入化的描绘，而且每当游笔至此，其作品的字里行间即会展现出会通幽冥古今的心灵悸动和人际间现世的温情与欢悦。无论是清明上坟，河边"打杨柳"，三月三望鬼火，隔岸观火"送路灯"……这些日常乡土中的民俗细节在废名的笔下无不充满诗意。

> 萤火满坂是，正如水底的天上的星。时而一条条的仿佛是金蛇远远出现，是灯笼的光映在水田。①
>
> ——《桥·送路灯》

而礼尚往来的民间习俗更让乡村飘荡着浓浓的暖意。

> 照习惯，孩子初次临门，无论是至亲或好友，都要打发一点什么，最讲究的是牛儿，名曰"送牛"。②
>
> ——《桥·送牛》

风俗是民间生活、传统习惯、生存方式的延续，是乡土世界最深层的意蕴，它们维系着乡土中国的自足与恒常，以及与过去

---

① 废名：《竹林的故事》，广西师范大学出版社 2003 年版，第 218 页。
② 废名：《竹林的故事》，广西师范大学出版社 2003 年版，第 202 页。

世代绵延生生不息的联系，也传达着乡村中国最酣畅淋漓的农人的情感。

> 莫须有先生在人山人海之中则仿佛只听见声音，……他确是觉得最能代表乡下人的欢喜与天真的莫若迎神赛会的锣鼓，他们都是简单，都是尽情。①
>
> ——《莫须有先生坐飞机以后》

汪曾祺曾说："民俗，不论是自然形成的，还是包含一定的人为的成分（如自上而下的推行），都反映了一个民族对生活的挚爱，对'活着'所感到的欢悦。它们把生活中的诗情用一定的外部的形式固定下来，并且相互交流，融为一体。风俗中保留一个民族的常绿的童心，并对这种童心加以圣化。风俗使一个民族永不衰老。风俗是民族感情的重要的组成部分。"② 这是废名、沈从文、汪曾祺等现代人文主义作家共识性的表达，而对于抗战期间做过难民的废名来说，这种将童心加以圣化的民族感情，还是艺术与宗教的结合，具有反转过来化解苦难，圣化童心的作用。废名称自己"做小孩时当太平之世"，有天地自然之乐，无跑反避难之苦，心灵自由成长。而乱世之中，自己的两个小孩"慈"与"纯"如何弥补这个缺陷？废名"很有一番努力，同时也得到

---

① 废名：《莫须有先生传》，广西师范大学出版社 2003 年版，第 217 页。
② 汪曾祺：《谈谈风俗画》，《汪曾祺文集·文论卷》，江苏文艺出版社 1993 年版，第61 页。

了家族中心社会的帮助"，但是，最有意义的却是"看放猖，看戏，看龙灯"所带来的"大喜悦"，这些民俗礼仪是"艺术与宗教合而为一，与小孩子的心理十分调和"，因此，"数年之后慈同纯都已不觉得自己是难民了，一切都是本地风光了，空气温暖了"①。

在远古的、静态的、自然的、礼俗的乡村世界里，废名找到了堪与进化的、喧闹的、科学的、理性的现代空间相对峙的审美天地。在"秋云暖暖，野草如锦，水牛星散"的田园乡村，在清明播杨柳，端午插菖蒲，中秋折荷叶的礼俗社会，废名的叙事心态亦是拟古的——"写小说同唐人写绝句一样"②，而这由唐诗流韵辗转到现代的"古代"乡村，其平静、美善、幸福、祥和的氛围，实际表达的是废名对中国传统文化价值的首肯和对古圣先贤的由衷敬仰。

（二）"慈"之生命关怀

对于废名来说，"纯"只是其文学想象的一翼，没有"慈"，废名的文学想象将无法抵达其超越性的高度。即如在废名的生命中，只有"慈"是不完整的，只有"纯"是不深刻的，废名幸运地拥有了"慈"与"纯"这一双"儿女"，也深刻而完整地拥有了令其在文学天空中自由飞翔的羽之双翼。"慈"之一翼，在废

---

① 废名：《莫须有先生传》，广西师范大学出版社 2003 年版，第 219 页。
② 废名：《论新诗及其他》，辽宁教育出版社 1998 年版，第 223 页。

名的翱翔姿态中，常常被人忽略，似乎和谐恬静的"桃园""菱荡""古桥""老树"，就是废名的全部。如此理解，也就难怪废名有这般愤愤然的诘难了——竟然没有看出他笔下人物的眼泪。

事实上，"眼泪"在废名的作品中始终是一个氤氲袅袅的底色，而逼出这"眼泪"的不是如一般写实派作家所谓外在的生活重压和磨难。在废名笔下，更多的是眼泪在人物心底汩汩流淌，而催逼出这"眼泪"的恰恰是生命自身无可逃避的永恒命运——疾病、孤独、死亡。无论远古将来，不管都市乡间，不问贫贱富有，疾病、孤独、死亡，这些人类永远无法超越的生命局限，逼视出人类灵魂的脆弱、张皇和无措。

1. "坟"之终极关怀

废名小说几乎每一篇都有"坟"的影子，死亡如影随形追赶着生命的脚印。"我记得进后门须经过一大空坦，坦中间有一座坟，这坟便是那屋主家的，饰着很大的半圆形的石碑，姨妈往常总是坐在碑旁阳光射不到的地方，看守晒在坦上各种染就的布。"（《柚子》）"坟"并非无意设置的背景，惜字如金的废名绝不会把笔墨无端地浪费在一个毫无寓意的意象当中，相反，这无处不在的"坟"的影子恰恰是其作品在竹影摇曳、桃花流水之间，有意无意地要读者品味的意象——"苦"味的人生。

三姑娘（《竹林的故事》）的生命果真是一派清纯、串串笑声吗？那青春美好却空对流水的无边惆怅，岁月流转却无法抹逝的亲情追忆，都是生命内在深切的悲情伤痛，只不过废名把它们用竹林青草掩饰起来。

　　母女都是那样勤敏，家事的兴旺，正如这块小天地，春天来了，林里的竹子，园里的菜，都一天一天的绿得可爱。老程的死却正相反，一天比一天淡漠起来，只有鸱鹰在屋头上打圈子，妈妈呼喊女儿道，"去，去看坦里放的鸡娃。"三姑娘才走到竹林那边，知道这里睡的是爸爸了。到后来，青草铺平了一切，连曾经有个爸爸这件事实几乎也没有了。

　　"死者如果不被生者记住，那就真的死去了。"（鲁迅）在《竹林的故事》里，老程是"真的死去了"吗？三姑娘当真是连曾经有个爸爸这件事也忘记了吗？后面一句话泄露了天机，"三姑娘不上街看灯，然而当年背在爸爸的背上是看过了多少次的，所以听了敲在城里响在城外的锣鼓，都能够在记忆中画出是怎样的情境来"。老程就这样不露痕迹地活在女儿的亲情记忆里，那静静地安睡在竹林中的老程是三姑娘内心走不出牵绊。不曾留下伤痛的亲情是易逝的，汪曾祺的《大淖记事》里母亲弃女儿而去，这种伤害了无痕迹，消失的母亲再也不曾浮现于女儿的记忆里，心无羁绊的巧云可以热烈勇敢、义无反顾地追寻爱情。但废名笔下的人物却大不相同，直到故事的结尾，竹林里都没有柔肠百转的故事发生，伴随着三姑娘青春寂寞、爱情无着的仍是清明祭奠的竹林。

　　"坟"是人生绕不开的大悲大恸，废名用笔看似轻描淡写，却比那涕泗滂沱的哭号更刻骨铭心。《桃园》中阿毛的死更是用了了无声息的暗示："他的小小的心儿没有声响的碎了。"而就在这个小小的心碎掉之前，"她记起城外山上满山的坟，她的妈妈也有一个，——妈妈的坟就在这园里不好吗？爸爸为什么同妈妈打架呢？有一回一箩桃子都踢翻了，阿毛一个一个的朝箩里拣！"《桃园》之侧是杀场，《桃园》里的故事是疾病和死亡。不动声色的《桃园》，亲情脉脉的《桃园》，其实宣告着人生没有"桃花源"，这是废名这个"悲观厌世"者，"参禅悟道"者，和所谓生命"哲学家"用小说来解读的人生世界。

废名小说中的"死"行色匆匆，了无牵挂，没有惊惶恐惧，没有悲哀号哭，亦不见惊心动魄的故事。《浣衣母》中没出息的酒鬼李爷"确乎到什么地方做鬼去了"，不争气的酒鬼哥儿又在李妈不经意的诅咒下"真的死了"，天真的驼背姑娘也在某天某时遽然"死了"，一家人都死得无声无息。《阿妹》中幼小的阿妹"并不等候"尚在煎熬的"菩萨的药"，被"哄哄地扛走了"。而《火神庙里的和尚》金喜更是"一面踏楼梯，一面骂老张"，"骂声已经是楼门口——楼梯脚下突然又是谁哼呢？""金喜抬上了床"。原来金喜抱着葫芦瓢骂骂咧咧上楼梯不慎失足摔死。死亡在废名笔下就是如此的凄然而又无常，恰恰是这种无常与宿命的人生落幕，给了生命无尽的感慨、惊悚和凄怆。

周作人说废名小说既有"苦味"又有"涩味"，这"苦味"正是废名对人生之体悟——冲淡为衣，悲哀其内。修竹茅林，桃园石桥，那刻意营造的诗境与世外桃源的意趣，演绎的却是人生无以逃遁的必然宿命。也许正是这种桃源之美与死亡之悲悄无声息的碰撞，才击打出痛彻肺腑的人生无奈。在恬淡韵味的比衬之下，那份生命的苦涩变得如此绵远悠长，令人无法释怀。或者说废名刻意营造的桃花流水之美被他精心叙写的人生宿命的无奈消解掉了，倘若只看到那立于纸面上的竹林、桃园、菱荡，带有几分古民风采的人物——《浣衣母》中善良热情的李妈，《竹林的故事》中美丽淑静的三姑娘，《菱荡》中勤劳和善的陈聋子……却看不到那浸透纸背的悲苦、哀伤、惆怅，那么，废名当真是孤独至极了。

2. 向死而生的况味

如果说废名的作品只让人看到"坟"的影子挥之不去，内心的悲哀驱之不散，其实也是有失公平的。毕竟，在废名心里，逼视"死亡"的目的并不在于顿首呼号，悲天悯人，而是要在生死对峙的情境设置中，寻求化解苦难、超脱凡俗的路径，或者说是在生命的困局中求解向死而生的法力。在小说中，"向死而生"的艺术结构，恰切而自然地构成小说家废名与哲学家废名的叠合。

废名小说中的人物，像程小林、莫须有先生等都是哲学家，这些夫子自道的人物常在忙里偷闲，漫游于"生死之岸"，想象那"不可言说的境地"。他们通过思辨死亡，探索虚无，以检省自我，从而实现了生命对死亡的超越。"向死而生"这一情境具有强大的生命张力和艺术张力——它给了现世人生无法抗拒的惊悚，也给了凡俗人心无可奈何的平静。向死而生需要大智慧、大勇气。面对死亡，你可以怒目而视，赤膊力拼，如斗士般呼喊厮杀；也可以心平气和，淡然处之，如佛陀般拈花微笑。显然，废名选择的是后者。20 世纪 50 年代，废名在和他的学生乐黛云的一次谈话中曾说，在人生的战场上，"义愤填膺的战争容易，宽容并作出牺牲的和平却难，事实上，带给人类巨大灾难的并不是后者而是前者"①。因而，在废名的艺术中，他用"坟"的意象处处警醒世人生命不可逾越的困境，又以"月逐坟园"的万古恒远与生命困厄遥遥对视，教人不可错失"人生的欢跃"，而他自己就是用文学在品鉴这份欢跃。

"诗人本来都是厌世的，'死'才是真正的诗人的故乡，他们以为那里才有美丽。"② 诗人废名在作小说之后仍未改其厌世倾向。在《莫须有先生传》中，他借莫须有先生之口说："无论世上的穷人富人，苦的乐的，甚至于我所赞美的好看的女人，如果阎王要我抽签，要我把生活重过一遍，没有一枝签中我的意。"③ 然而，废名并未因此而去做一位离群索居的现代隐士，他的小说并不是逃避现实的，"他所描写的不是什么大悲剧大喜剧，只是平凡人的平凡生活，——这却是现实"④。面对这种"现实"，废名所取的人生态度是"我喜欢担任我自己的命运，简直有点自傲，我做我自己的皇帝。"⑤ 其审美态度则是用"死亡"的宁静和

---

① 乐黛云：《难忘废名先生》，《万象》2003 年第 1 期。
② 废名：《论新诗及其他》，辽宁教育出版社 1998 年版，第 193 页。
③ 废名：《莫须有先生传》，广西师范大学出版社 2003 年版，第 22 页。
④ 废名：《竹林的故事》，广西师范大学出版社 2003 年版，第 3 页。
⑤ 废名：《莫须有先生传》，广西师范大学出版社 2003 年版，第 22 页。

永恒来超脱"现实"的短暂和磨难。他曾说："我尝想，中国后来如果不是受了一点佛教影响，文艺里的空气恐怕更陈腐，文章里恐怕更要损失好些好看的字面。""中国文章里简直没有厌世派的文章，这是很可惜的事。"① 显然，此之厌世并非弃生，厌世文章乃是对现世的人生采取了超然物外的审美态度。周作人曾赞道："（废名）这些话虽然说的太简单，但意思极正确，是经过好多经验思索而得的，里边有其颠扑不破的地方。"② 的确，凡庸人生，世俗苦海，生死无常，谁人不厌？但废名深知生命的不凡活力正是在于历练苦难的过程当中，在对"死"的思索中，在与"坟"的对视中，人生不再滞涩，废名在精神世界里获得了往来于此岸与彼岸的自由。这种与现世此岸人生的距离感赋予了废名小说对世俗人生的审美态度，一方面，现世的眼泪洇透了废名小说的纸背，这个底色以人生的大悲恸"坟"来影印，即如周作人所说，废名小说中的人物都是在一种"悲哀的空气"中行动，"一切生物无生物都消失在里面"③；另一方面，生命正是在其有限的时空中，在忧焚磨难中开出"悬崖石缝"里的花，文学使其隔了世俗苦难而撷了生命之花，这恐怕也是废名没有遁入佛门而是浸入小说的原因吧。他以对现世苦难的距离感，如佛陀般欣欣然注视着生命，或者说正是看到了生命的仓促，人生的大限，才格外能发现和珍视现世的"人生的欢跃"，同时也对生命的过程取了另一

① 废名：《论新诗及其他》，辽宁教育出版社1998年版，第222～223页。
② 废名：《论新诗及其他》，辽宁教育出版社1998年版，第146页。
③ 废名：《莫须有先生传》，广西师范大学出版社2003年版，第404页。

种哲人的态度——不是怒目圆睁地对抗，而是平静和谐地共处。那消失在悲哀的空气里的"一切生物无生物""都觉得互相亲近，互相和解"①。于是，我们看到那些鲜活的人物多是笑眼常含泪水，泪痕拭处却悄然绽开静美的生命之花。"颧骨突起，令人疑心是个骷髅"的"姨妈一面欢笑，一面用衣角揩眼泪，——这是我所习见的脾气"，而"柚子似乎是哭过了不久的：依然孩子似的天真烂漫的笑"。（《鹧鸪》）听得见看得清的陈聋子，在遭人奚落时"眼睛望了水，笑着自语——'聋子！'"（《菱荡》）这便是背依着"饰着很大的半圆形的石碑"的坟过生活的人们。而"月照坟圆"，这千古不变的天人合一的永恒，抹去了世间所有的苦难和生命，你只有从容静观，观斗转星移，看生死轮回。

　　小林又看坟。

　　谁能平白的砌出这样的花台呢？"死"是人生最好的装饰。不但此也，地面没有坟，我儿时的生活简直要成了一大块空白，我记得我非常喜欢上到坟头上玩。我没有登过几多的高山，坟对于我确同山一样是大地的景致。②

——《桥·清明》

　　前面到了一个好所在，在他们去路的右旁，草岸展开一

---

① 废名：《竹林的故事》，广西师范大学出版社 2003 年版，第 404 页。
② 废名：《竹林的故事》，广西师范大学出版社 2003 年版，第 256 页。

坟地，大概是古坟一丘，芊芊绿绿，无墓碑，临水一棵古柳……①

——《桥·钥匙》

"坟"成了废名"乡土世界的重要景观""同山一样是大地的景致"，是人生的装饰与大地的点缀。而所有的装饰都会过时，只有"大地的点缀"恒久永存。

天上的月亮正好比仙人的坟，里头有一位女子，绝代佳人，长生不老。②

——《桥·钥匙》

废名酷爱庾信的名句"霜随柳白，月逐坟圆"，称"'月逐坟圆'这一句，我直觉的感得中国难得有第二人这么写"③，而同样在现代作家中也难得有第二个人对乡间"坟"的意象如废名这般情有独钟。但是，如果"坟"所表达的只是一个生命的鉴赏家对有局限的人生所取的不黏不滞的审美态度，对人生景观甚至人生的宿命做的诗化的呈现，那么，废名作品的意义与汪曾祺便无甚区别了，而事实并非如此。虽然人们习惯于汪曾祺与废名之间的师承关系，欣喜于他们"万寿宫丁丁响"的相似文体，但废名终

---

① 废名：《竹林的故事》，广西师范大学出版社 2003 年版，第 326 页。
② 废名：《竹林的故事》，广西师范大学出版社 2003 年版，第 330 页。
③ 废名：《论新诗及其他》，辽宁教育出版社 2003 年版，第 223 页。

究是一个"另类"，他要在"向死而生"的艺术情境的设置中完成他的哲学思辨。

在废名的生命哲学中，死与生皆人生常态，不足奇，无足怪，生命的消失即如树枯叶落，再自然平常不过。《竹林的故事》里死去的老程很快被"青草铺平了一切"，哪怕是失足跌落的非常之死（《火神庙里的和尚》），也是那样不可思议地随便。这里无疑蕴含了道家"齐生死，等物我"的无为哲学，因此，废名虽不至于像庄子一样为死亡"鼓盆而歌"，却也把死亡的仪式变成了生命的舞台。

废名作品中多写冥事风俗，而在这风俗仪式上，众生百态纷纷登场：城里人出殡，孝男孝女穿孝衣以示阔绰，沿街观众会心微笑（《毛儿的爸爸》），扛杠子，抬棺木的人群中竟有"夹在当中打瞌睡"的（《浪子笔记》《北平通信》）；清明节上坟，焚香、烧纸、鸣炮，次序井然，却有"好事者"把祭奠死人的腌肉、鲤鱼，就香火烤了吃；送路灯，亲朋挚友头裹白布，手持灯笼，排队进村庙，谈笑风生，烧香喝酒而散（《桥》）……这如何不也是一种生命的境界，这看似荒诞滑稽的人生漫画，如何就不是生命对死亡的超然解脱。这对生死的参悟比之陶渊明的"亲戚或余悲，他人亦已歌。死去何所道，托体同山阿"有过之而无不及。

不仅如此，两小无猜，两情相悦，甚至儿女情长，生活美丽，也可以在祭奠与丧仪中一一呈现：《初恋》的情节展开在"故显考……冥中受用""孝女……化袱上荐"的祭祖背景上；丧仪上爱打扮的媳妇对镜欣赏穿孝衣好看的样子；孝服在身却不忘与人打架的幼子被母亲扎起辫子，用了一根红头绳；因为在厨房干活，孝衣外面还罩了一个围裙（《毛儿的爸爸》）。生活的世俗与琐细消解了死亡的惶恐与悲哀。正是在最世俗的冥事风俗中，废名表达着普通人向死而生的自然与坦然，这便也是他的生命哲学。

废名在小说《桥》中曾借小林之口说："忌日，什么是忌日？是不是就是生日？"① 生与死或者就是生于死，废名小说以慈悲的胸怀，坦然的心态，沉思生命，直面死亡，是生命哲学的真情演绎。

在废名的文学书写中，静谧乡村、永恒生死，是他刻意面对的两大主题。也就是说，在中国历史的现代转型中，当众多的现代作家选择与历史同行，为历史车轮助力时，废名却逆历史潮流而思，以坚定的反进化论立场和反现代性文学叙事，铺展开他面对中国历史文化的别样思考——人文主义视角下的中国历史与文化。或许他更加认同艾恺面对现代性的态度："现代化是一个古典意义上的悲剧，它带来的每一个利益都要求人类付出对他们仍有价值的其他东西作为代价。"② 于是，废名固执地认定要将那些仍有价值的东西留住。这样的选择，使废名与以鲁迅为代表的对现实怒目圆睁的现代主流文学有了截然不同文学视界。废名选择了"对现实闭上眼睛"，从而也就刻意避开了历史激流的波涛巨浪，他书写的姿态是潜入平和舒缓的历史河段，面对亘古永恒的历史长河做平静的思考，以寻求中国历史文化源远流长、生生不

---

① 废名：《竹林的故事》，广西师范大学出版社 2003 年版，第 208 页。
② 艾恺：《世界范围内的反现代化思潮》，贵州人民出版社 1991 年版，第 212 页。

息的永恒魅力，为其坚韧、祥和、美好的内在品质高唱挽歌。

显然，废名的现代人文主义立场就是刻意地面对永恒，《桥》中对细竹的这段描写，更像是他的夫子自道。

> 她好像流水一样，流水所以忙，流水所以不忙。是的，我们看天上的星，看石头，看镜子，看清秋月，看花，看草，看古树，这一件一件的启人生之宁静，宁静岂非一个担荷？岂非一个思索？大约只有水流心不竞了。流水也是石头，是镜子，是天上的星，是月，是花，是草，是岸上树的影子。①

对于文学创作，海明威说过一段很深刻的话。他说："写作，在最成功的时候，是一种孤寂的生涯。……一个在人稠广众之中成长起来的作家自然可以免除孤苦寂寥之虑，但他的作品往往流于平庸。而一个在岑寂中独立工作的作家，假若他确实不同凡响，就必须天天面对永恒的东西，或者面对缺乏永恒的状况。"② 其实早于海明威，为主流现实主义文学所看重的巴尔扎克，也明确强调过文学必须坚持对"人类事务"的"某种抉择"的原则的绝对忠诚，"看看各个社会在什么地方离开了永恒的法则，离开了真，离开了美。"③

对于永恒和美的坚守，使废名在激流勇进的中国历史文化的

---

① 废名：《竹林的故事》，广西师范大学出版社 2003 年版，第 376 页。
② 董衡巽：《海明威谈创作》，生活·读书·新知三联书店 1986 年版，第 25 页。
③ 巴尔扎克：《〈人间喜剧〉前言》，《文艺理论译丛》1957 年第 2 辑。

现代转型中，非但"不和时代为伍"，而且站在了与主导历史之现代性相对峙的一面。当历史巨浪咆哮而至，必不可免地冲决着人性、传统、道德、礼俗等永恒的美好时，废名用"纯"的叙说与"慈"的关爱，表达着对人之生命的尊重，对宇宙万物为秉有灵性的一切存在的敬畏，刻意营造彼此会通、和谐生息的桃源氛围；在人与人的关系上，废名倾慕于礼俗社会之人人平等、友爱互助及对所有不幸都产生悲悯之心的人性化氛围和生存原则；而对"坟"的钟情，更表达了他对人生终极目的的关怀和生命对于具体历史功利目的和欲望性世俗人生追求的形而上的超越。废名这样的远离现实，凝眸纯美与礼俗，使他成为中国现代小说家中最"具有强烈的个性"、最不被主流文学评价所青睐的作家——他确乎走的是一条使文坛感到陌生的偏僻路径，寂寞也确乎是他无可逃避的必然宿命。

但是，当历史的泡沫被时光滤尽，激情之后陷于沉思的人们却每每发出这样的诘问："什么是人？什么是他的局限？什么是他的苦难？什么是他的伟大？而究竟什么是他的命运？这些问题任何政治、哲学都不能逃避，而根据对这些问题的回答，一切政治的、文学的和社会的思想都将得到最终的裁断。"① 因此，回眸历史，以今天所应具有的历史文化觉悟理解废名所持守的反现代性的人文主义立场，其与现代性之间的关系，绝不止有矛盾对抗的一面，还应看到其互补共存制衡发展的另一面。历史进步与作为其独特内容的人文文化之间固然存有一种价值趋同的密切关系，

---

① 转引自《文学研究》第 2 辑，南京大学出版社 1992 年版，第 128 页。

但在很大程度上，人文文化有着更为重要的责任承担，即对历史进步的人文性质疑，以及对遗落的或被损伤的而又为人性与历史健全发展所不可或缺的人文关怀的寻找和张扬。废名的乡土文学写作正是对这一向度上的人文文化内涵进行开掘，其意义正在于它和对历史具有自觉"工具性"责任承诺的启蒙文学的人文关怀以对峙互动的方式形成了一种极具张力的动态结构，使文学的发展呈现出一种新的人文自觉。这实际上也矫正了启蒙文学一味崇拜科学理性主义的片面性，促发了20世纪乡土小说的一片生机。

　　但正如孔范今先生所指出的，在20世纪具体的历史语境中，决定中国历史、文化现代转型的价值取向和行为方式的主导力量，毕竟来自"救亡图强"这一形成独特历史机制深在动力源的历史要求。"尽管现代启蒙观念从一开始便引发了人文主义方面的质疑与抗衡，但一方面由于其主导观念的理性主义、科学主义倾向本身即有的统合主义的内质，一方面则是因其占有历史先机和对历史担责的正义性所必然秉有的自信与霸气，使人文主义不仅不可能成为历史范畴中基本变革途经的选项，而且，即使在文化价值层面上也很难占到上风。当然，造成这一结果更重要的原因，还是人文文化自身的基本特质与规约性，已然先在地决定了它在历史变革中人文性持守的角色地位和发挥制衡互动作用的独特方式。"① 因此，废名的反进化论立场和反现代性叙事固然为激变中的现代社会呈现了安静反思的一角自然，具有不容忽视的制衡性

---

① 孔范今：《论中国现代人文主义视域中的文学生成与发展》，《文学评论》2006年第4期。

作用。但是，他的理想的虚妄性也不言而喻，单靠一种乌托邦主义的救世激情，也并不能真正找到废名桃源寻觅的梦乡。废名的田园叙事，即如刘西渭所言："自有他永生的角落，成为少数人流连忘返的桃源。"①

角落毕竟是角落，但是角落里的一束光亮或许可以洞开历史的一段深幽。

---

① 李健吾：《〈画梦录〉——何其芳先生作》，《咀华集·咀华二集》，复旦大学出版社 2005 年版，第 84 页。

第二章

援儒证佛：废名的佛学信仰

　　《阿赖耶识论》是废名唯一一部佛学著作，解读其佛学思想不妨由此入手。但是，无论佛学界还是文学界，真正读过此书的人却很少。1999 年，谭桂林在他的著作《二十世纪中国文学与佛学》中称，废名"洋洋洒洒二十万言的佛学专著《阿赖耶识论》""我们已无缘得读"，对废名小说的佛学分析也只能不无遗憾地付之阙如。① 事实上，《阿赖耶识论》这部佛学论著并非"未传"或"已亡佚"，只是出版过程着实令人寂寞。《阿赖耶识论》动笔于 1942 年冬，1945 年秋脱稿，1947 年中国哲学会曾有意付梓，但事不果行。"十年浩劫"之后，《阿赖耶识论》的手抄本幸而犹存。2000 年，止庵根据废名哲嗣冯思纯提供的稿本，并将废名当年在张中行主编的《世间解》上发表的四篇哲学论文列为附录，编入辽宁教育出版社《新世纪万有文库》第四辑出版，总文五万字。从 1945 年写作完成到 2000 年正式出版，半个多世纪的岁月沧桑，废名已无缘亲见了。

---

　　① 谭桂林：《20 世纪中国文学与佛学》，安徽教育出版社 1999 年版，第 132 ~ 133 页。

废名的思想如此难脱寂寞，具体分析，原因大概有二：其一是思想内容过于艰涩而其本人又绝少诠释。如果说废名的文学思想尚有少数人仰其星光，那么他的佛学思想可谓无一知音。1942年，废名动手写作《阿赖耶识论》时便曾向周作人报告："已成四章，旋因教课少暇，未能继续，全书大约有二十章或多，如能于知堂翁再见时交此一份卷，斯为大幸。"① 周作人的回复却是："废名的厚意很可感，只是《肇论》一流的书我生怕看不懂，正如对于从前信中谈道的话未能应对一样，未免将使废名感觉寂寞，深以为歉耳。"② 《阿赖耶识论》中有一章《说种子》，乃抗战时期避难黄梅的废名在乡间观农人播种、收获等农事而悟得佛教种子义。1941 年元旦，他将《说种子》抄了三份，一份寄北平的周作人，一份寄重庆的熊十力，一份寄施南办农场的朋友（一曰程鹤西）。信寄出后，"三方面都有回信，都令莫须有先生失望，朋友是年龄未到，莫须有先生仍寄着希望，至于知堂翁与熊十力翁，莫须有先生得了二老的回信，有一个决定的感觉，老年人都已有其事业，不能再变化的，以后不同此二老谈道了"③。令废名甚为失望的知堂翁曾在《怀废名》中谈到《说种子》这封信，称废名南归后，"有很长的信讲到所谓道，我觉得不能赞一辞，所以回信中只说些别的事情，关于道字了不提及，废名见了大为失望，

---

① 周作人：《〈谈新诗〉序》，废名：《谈新诗及其他》，辽宁教育出版社 1998 年版。
② 周作人：《〈谈新诗〉序》，废名：《谈新诗及其他》，辽宁教育出版社 1998 年版。
③ 废名：《莫须有先生传》，广西师范大学出版社 2003 版，第 342 页。

于致平伯信中微露其意，但即是平伯亦未敢率尔与之论道也。"①
当时，周作人曾将此信转寄给俞平伯，俞平伯在复周作人信中说：
"昨奉赐笔并黄梅信，忻慰之至！废公此书较为明晰，然欲转示
生之数语仍有艰涩味。欲持赠来学意固可嘉，特自恐手无斧柯惟
剩空拳耳。"② 乃师"不能赞一辞"，好友"亦未敢率尔与之论
道"，倾心佛学的废名何其寂寞。

其二，废名的说理方式过于执着而欠通脱。"废名之貌奇古，
其额如螳螂，声音苍哑，初见者每不知其云何。"③ 周作人的此番
摹写与其说是描绘废名的外貌特征，不如说是在点化其精神特质。
废名的"超凡脱俗"在周作人看来是与生俱来的，刻印在他的相
貌声音当中。对于《阿赖耶识论》这部著作，废名十分满意，也
非常自信。1946 年，废名欲回北大任教，俞平伯向胡适写了一封
举荐信，信中特别提到《阿赖耶识论》，称这是废名"生平最得
意"④ 之作。1949 年，卞之琳从国外归来，废名把《阿赖耶识
论》给他看，"津津乐道，自以为正合马克思主义真谛"，而并不
在乎卞之琳"一直不大相信他那些'顿悟'"⑤。《世间解》主编
张中行也研究佛学，可谓同道，曾向废名约稿，但对于废名近乎
不与讲理的讲理方式，也只能一笑置之——"他同熊十力先生争

---

① 周作人：《怀废名》，《周作人散文》第一集，中国广播电视出版社 1992 年版，第
156 页。
② 周作人、俞平伯：《周作人俞平伯往来书札影真》，北京图书馆出版社 1999 年版。
③ 周作人：《怀废名》，《周作人散文》第一集，中国广播电视出版社 1992 年版，第
152 页。
④ 《俞平伯致胡适（1946 年 7 月 31 日）》，《胡适来往书信选》（下册），中华书局 1979
年版。
⑤ 卞之琳：《〈冯文炳选集〉序》，《新文学史料》1984 年第 2 期。

论，说自己无误，举证是自己代表佛，所以反驳他就是谤佛。这由我这少信的人看来是颇为可笑的，可是看到他那种认真至于虔诚的样子，也就只好以沉默和微笑了之。"① 1947 年，废名将《阿赖耶识论》给僧人一盲看，称："我的话如果说错了，可以让你们割掉舌头。"② 完全是一派孩子般的执着与天真。而一盲曾将废名过访的情形以《佛教漫谭（四）》为题发表在《世间解》第 4 期上，文中有"或许另有意见向他提出"之语，废名即刻表示抗议："我将《阿赖耶识论》手抄本请他看，只是让他先睹为快，并没有想他另有意见向我提出的意思。这并不是我不谦虚，乃是我本不应该客气的。"③

只有熊十力，虽然和废名观点全然不同，但愿意和他激烈辩论，甚至打架。"一日废名与熊翁论僧肇，大声争论，忽而静止，则二人已扭打在一处，旋见废名气哄哄的走出，但至次日，乃见废名又来，与熊翁在讨论别的问题矣。"④ 这样的论理方式或许只有在这两位湖北狂人之间才行得通。

那么，《阿赖耶识论》究竟是在怎样的背景下完成，具有怎样的佛学思想体系呢？

废名学佛、入佛、写作佛学著作，直接缘起是其同乡熊十力。

---

① 张中行：《废名》，《负暄琐话》，黑龙江人民出版社 1986 年版，第 69 页。
② 废名：《〈佛教有宗说因果〉书后》，《阿赖耶识论》，辽宁教育出版社 2000 年版，第 67 页。
③ 废名：《〈佛教有宗说因果〉书后》，《阿赖耶识论》，辽宁教育出版社 2000 年版，第 67 页。
④ 周作人：《怀废名》，《周作人散文》第一集，中国广播电视出版社 1992 年版，第 156 页。

　　1922 年，熊十力受聘到北京大学讲授唯识学，曾屡劝当时在北京大学英文系读书的废名学佛，但不久熊十力自己却背弃师说，由唯识而反唯识，出佛归儒，自创新论。一日，废名与熊翁十力同游北海，废名问熊翁："为什么反唯识呢？他的错处在哪里呢？"熊翁答曰："他讲什么种子。"①当时，废名并未学佛，所以"种子"于他完全是一个陌生的概念。但是，熊翁的答话则如一粒种子深深藏入其心中。1930 年以后，废名读《涅槃经》《华严经》，始信有佛，此后系统阅读《中论》《智度论》《瑜伽师地论》《百论》等佛书，并对熊十力的学说多有不满。抗战时期，避难乡间的废名观农人播种、收获，乃悟得佛教种子义，于是写作《说种子》一文寄与熊十力。在废名看来，熊十力因反对唯识种子义而著《新唯识论》，这说明他不懂佛教，于佛教无心得。"《说种子》一文等于写了一封信，报告自己的心得，给熊翁一个反省，佛教的种子义正是佛教之为佛教。"②然而，熊十力却寄来《新唯识论》语体本以示坚持己见。废名惊叹其"不伦不类"，认为，"熊先生著作已流传人间，是大错已成，我们之间已经是有公而无私。"③于是，决定著《阿赖耶识论》与之论辩。

　　《阿赖耶识论》共十章，除了《序》和第一章《述作论之故》全面阐述了写作缘起和写作目的之外，正文八章，分别是《论妄想》《有是事说是事》《向世人说唯心》《"致知在格物"》

---

①　废名：《阿赖耶识论》，辽宁教育出版社 2000 年版，第 40 页。
②　废名：《莫须有先生传》，广西师范大学出版社 2003 年版，第 343 页。
③　废名：《阿赖耶识论》，辽宁教育出版社 2000 年版，第 3 页。

《说理智》《破生的观念》《种子义》《阿赖耶识》和《真如》。全书写作目的明确，就是用其所证悟的佛教唯识学思想反对近代之进化论思想，同时"为儒者讲阿赖耶识"，使其"未圆满的地方可以圆满"，并订正熊十力《新唯识论》的"错误"①。这本书章目虽多，却并未对传统佛学思想进行系统阐释，而是笔笔有针对，章章有论敌。如此论述难免令对论辩双方不甚了解的读者难以理解，但这也正是废名的论理方式——不与非同道者讲理。鉴于《阿赖耶识论》的论辩特色，废名本书的主体内容可概括为两个方面：其一，与唯科学主义辩；其二，与新唯识论辩。

一、与唯科学主义辩

何谓"唯科学主义"？1923 年胡适在《〈科学与人生观〉序》中说过这样一段话："这三十年来，有一个名词在国内几乎做出了无上尊严的地位；无论懂与不懂的人，无论守旧和维新的人，都不敢公然对他表示轻视和戏侮的态度。那个名词就是'科学'。这样几乎全国一致的崇信，究竟有无价值，那是另一问题，我们至少可以说，自从中国讲变法维新以来，没有一个自命为新人物的敢公然毁谤'科学'的。"② 这就是中国二十世纪初的唯科学主

① 废名：《阿赖耶识论》，辽宁教育出版社 2000 年版，第 2 页。
② 胡适：《〈科学与人生观〉序》，张君劢：《科学与人生观》，山东人民出版社 1997 年版，第 10 页。

义思潮。所谓唯科学主义（也称科学主义），简而言之，就是认为宇宙万物的所有方面都可以通过科学方法来认识。中国唯科学主义的出现，是近代知识分子从追求科学的科学崇拜的结果，其历史源头可上溯到严复对西学的认知。

作为近代史上第一位大量译介西方文化的思想家，严复不仅以其"物竞天择"的进化论思想激发了国人救亡图存的民族激情，而且以近两百万字的西学译著，从哲学、政治学、经济学、法学到社会学、逻辑学等各领域，极大开阔了国人眼界。严复在系统介绍西学时，十分注重对西方科学方法的介绍，他认为西方国家的政治经济制度之所以优越，科学技术之所以发达，是因其有多种理论科学做基础，而这些理论之所以正确，又在于它们有新方法——归纳法和演绎法，二者乃"即物穷理之最要深术也"[①]。严复力图用这种近代科学的逻辑方法，给中国人一种新的思维方式，即不再以易经的阴阳说、公羊家的三世说对西方思想加以附会，而是通过演绎推理与归纳推理得到可以确信的科学知识。应该说，这种科学的理性精神，为国人接受近代思想奠定了科学的认知基础，但是，正如《天演论》将生物进化论思想应用于人类社会一样，归纳与演绎的逻辑推理方法也被扩展到了一切科学领域，严复认为物理、化学、数学、医学、天文学各种学科都是反复运用归纳与演绎这两种逻辑推理的结果。这种对科学方法的偏颇认识和过分推崇，可以说正是近代以来在西学东渐过程中唯科学主义的源头。而随着新文化运动"科学与民主"的高

---

① 严复：《译〈天演论〉自序》，《天演论》，商务印书馆 1981 年版。

扬，到二十世纪初，中国知识分子对于科学的理解已然超越了认识方法的层面，科学已成为一种新的人生观、世界观，一种完全可以取代传统价值的新观念。"宇宙一切，皆可以科学解说。"①这种相信只有科学才能解决中国面临的各种问题的唯科学主义，在1923年爆发的"科学与人生观"大论战中，与中国人文传统直面相碰，从而激发了思想界对科学与人文、现代与传统的深入论辩与深刻反思。熊十力的《新唯识论》正是在这一背景下，试图将中国传统哲学中的人文道德和西方现代科学的逻辑方法相结合而构建的哲学体系，而废名的《阿赖耶识论》则可被看作是这场论战未尽的硝烟。

废名的论辩特色是择其源而舍其流，《阿赖耶识论》开首即以唯科学主义的源头——严复译介之《天演论》为目标，对被唯科学主义所遮蔽的问题予以彰显。

（一）无形世界，善恶生死与谁问

科学果真可以解决宇宙间的一切问题吗？对于持守现代人文主义立场的废名而言，答案显然是否定的。但和张君劢认为人生观问题"绝非科学所能为力"，由此引发"科玄论战"之立论点不同，废名更关注的是人类的终极命运——作为不同于自然界其他生物的生命种群——人，"生"之前存在于何方，"死"之后又将去往哪里？作为一个悲天悯人的诗人、作家、佛教徒，废名要

---

① 秦英君：《科学乎 人文乎》，河南大学出版社2005年版，第76页。

向科学家求一个"生死"的答案。他宣称:"拙著《阿赖耶识论》亦注重在向现代科学家说话,因为科学家必了解'科学方法'的精神,科学方法是不容许有两个答案的,故科学上的事实只有一个答案。我要向科学求一个生死的答案。"①

　　然而,科学家的"生死观"却并不能让诗人满意,因为"他们不知不觉的是唯'形',只承认有五官世界"②。也就是说,科学家对生死问题的解答,是执于"形"的,"有形曰生,形灭曰死"③。那么,我们的"心"——人类"无形"的精神世界呢?它寄居于何处?有无生死?作为一个观山水有色、看草木有情的诗人,一个品人生疾苦、看生死停留的作家,废名从其独有的人文视域出发,看到的是科学家于"有形"世界中所无法看到的"无形"世界——一个民族的精神遗存、文化传承,以及根植于人心深处的生死观念、善恶伦理。废名认为这些"无形"的心灵之物对有形的社会人生意义绝大,却被进化论的逻辑简单地予以否认——新胜于旧的进化观,将中国传统之民族精髓全盘否定,而佛教独特的世界观、方法论又被唯科学主义简单地以"迷信"二字消灭掉。在废名的人文视野里,"科学是学问的一种,正如宗教与哲学与文学一样。"④ 既然只是学问的一种,科学必然有其范围局限,有其不能解答的现实问题,比如人间的善恶生死,而这恰恰是宗教、哲学与文学的认知领域。废名曾反复嗟叹,在人

---

① 废名:《阿赖耶识论》,辽宁教育出版社 2000 年版,第 67 页。
② 废名:《阿赖耶识论·序》,辽宁教育出版社 2000 年版。
③ 废名:《阿赖耶识论》,辽宁教育出版社 2000 年版,第 26 页。
④ 废名:《一个中国人民读了新民主主义论后欢喜的话》手稿,第 57～59 页。

文领域，"进化论是一个无根的妄想而做了近代社会一切道德的标准，殊堪浩叹。"①

为了说明科学的局限，废名特别引用严复《天演论·真幻》按语："吾所知者，不逾意识……人之知识止于意验相符。"② 这样的论断显然仅限于所谓的科学认知。人之经验世界之外的东西呢？若承认其存在，则无法纳入科学的理性认知；若否认其存在，必不符合科学的探究精神。废名认为，这样的矛盾境况，其"根本的原因就是我所说的执着，执着外面有一个东西。无论这个东西为方为圆，为红为碧，为坚为脆，总而言之是'物'，而这个物不是方便是圆，不是红便是碧，不是坚便是脆，决不是方圆红碧坚脆以外的东西，所以他们不信世间有一个东西叫做'鬼'，说鬼神是迷信，那么这个物他们明明的肯定了，为什么说'必不可知'呢？"③

废名认为，科学是眼观物说话，而他执意要问个明白的恰恰是人目力所不能及之无形之物，乃"心"之现象。而"心的现象，亦世间现象之一种也，如哀，如怨，如希望，如恐怖，如羞耻，如贪，如痴，如怒，如推理，如记忆，如忍耐，如发奋，如闻一知十"④，等等。对此"心"之现象科学亦非不答，只是在废名看来答非所问。"科学有心理学一科，这个心理学即是那个物

---

① 废名：《阿赖耶识论》，辽宁教育出版社2000年版，第1页。
② 废名：《阿赖耶识论》，辽宁教育出版社2000年版，第23页。
③ 废名：《阿赖耶识论》，辽宁教育出版社2000年版，第24~25页。
④ 废名：《阿赖耶识论》，辽宁教育出版社2000年版，第10页。

理学，其所说的现象虽是心的现象，发生这个现象的东西则是物也。"① 其结果是，科学家"将伤心与涕泪混为一事，伤心人有其事，涕泪人见其形，一心一物，此固毫不成问题者，而问题正在这里。"② 即科学家所解说的"心"并非人文学者所言说的"心"，物理学的精确并不能解析精神世界的玄奥。

由此，废名认为，科学的认知是有限的，宇宙的存在是无限的，"科学家的事有范围"，而"世间本来没有范围"③，善恶生死的解答无法套用现成的科学公式，因此必须承认，科学有科学的研究对象，"心"学有"心"学的解说方法。倘若以科学之名否认"心"学之存在或对"心"之现象妄加解释，都是不符合科学精神的。

那么，"心"之现象该当如何解说呢？

（二）唯物唯心，唯有唯识解生死

解说"心"之现象，首先必须确认有"心"之本体存在。

"有一个东西的现象必有一个东西之体。"④ 废名认为，此乃科学研究之前提，即如物理学研究声光磁电，各有其现象，亦各有其发生此现象的本体，"于心亦然"。"心"之现象，如"乐则笑，哀则泣，羞则脸红，怒则气盛，贪食垂涎，忧思不寐。心不

---

① 废名：《阿赖耶识论》，辽宁教育出版社 2000 年版，第 9 页。
② 废名：《阿赖耶识论》，辽宁教育出版社 2000 年版，第 10 页。
③ 废名：《阿赖耶识论》，辽宁教育出版社 2000 年版，第 8 页。
④ 废名：《阿赖耶识论》，辽宁教育出版社 2000 年版，第 10 页。

在焉，视而不听，听而不闻，食而不知其味"①，此尽人皆知，但亦如庄周所云，可行已信，而不见其形。正因不见其形，世人"遂不知有心这个东西耳。有之则指我们体内的心脏。科学家的部位不同，指着脑。"② 显然，废名认为世间所指"心"（古人认为是思维器官）或"脑"，作为意识活动的物质基础，固然可析可见，但它们实则如人之耳目，只是感官，并非发生"心"之现象的本体。"心"之现象如梦与记忆虽需借助感官，却非感官之生理学机制与心理学理论可解说清楚。而唯物的科学家认为意识依赖于物质，物质消灭则意识消失，废名则追问人之形体没有了，精神何在？正如"打电话，电话通了，即是现象发生了，要待许多条件配合，然而即使电话未通，即使电话机器尚未发明，电之为物仍在，不能因为没有通电话的现象而失却电这个东西。所以心的现象未发生，心这个东西仍是有的"③。这样的追索或可在唯心的哲学家那里得到答案，但是废名认为，西方哲学的唯心论亦"只承认五官世界"，"正是唯物论"④。

也就是说，废名所谓的"心"之本体既非唯物论者所说的意识活动的物质基础，亦非唯心论者所指的纯粹意识，而是一个确实存在又不见其形的东西。那么，这个有其实而无其形的"心"，何之谓也呢？废名答曰："阿赖耶识就是心。"⑤

---

① 废名：《阿赖耶识论》，辽宁教育出版社2000年版，第11页。
② 废名：《阿赖耶识论》，辽宁教育出版社2000年版，第11页。
③ 废名：《阿赖耶识论》，辽宁教育出版社2000年版，第10页。
④ 废名：《阿赖耶识论·序》，辽宁教育出版社2000年版。
⑤ 废名：《阿赖耶识论》，辽宁教育出版社2000年版，第46页。

阿赖耶识是佛教唯识学的核心概念，废名的这一断言显然要将世人引入"万法唯识"的佛学天地。即对于"心"的解说，废名认为无论是唯物的科学家还是唯心的哲学家，都不能给出终极答案，唯有佛教唯识学能给予圆满解决。佛教唯识学，就是围绕着心识变化来展开的。佛教唯识学建立以阿赖耶识为核心的存在论，目的也正在于要确立人的终极价值。因此，解读善恶死生之终极问题，正是观心治心之学的唯识学所专擅。由此废名断言："必也心是一个东西而说唯心（佛书上叫做唯识），然后善恶问题，死生问题都迎刃而解。"①

那么，唯识学又是如何解说阿赖耶识的呢？

唯识学认为阿赖耶识是世界的根本，我们所认知的世界都包含在阿赖耶识中，外而世界，内而身心，都是由此阿赖耶识变现出来，所谓"万法唯识"，就是指这个阿赖耶识。在存在论上，佛教主张"色心不二"，心物一体，故阿赖耶识乃是心物合一的，它不但包括思想认识的主观部分，也包括物质世界的客观部分。为什么"不用心这个字而用中国人所不惯的阿赖耶识"呢？废名说："便是唯心之后要来说'相'，要来说'生'，要能够'合内外'。"② 此之"唯心""相""生"等皆佛学概念，显然废名认为只有进入佛法世界，用唯识学的理论才能圆满解说生命的根本问题。

但是，由于废名的论辩对象是理性至上的唯科学主义，由科

① 废名：《阿赖耶识论》，辽宁教育出版社 2000 年版，第 20 页。
② 废名：《阿赖耶识论》，辽宁教育出版社 2000 年版，第 46 页。

学而入佛学，废名的理论必须理通常识合乎理智。通常世间学理都是先确定存在，后从存在推出认识，而阿赖耶识的存在并不能为一般凡夫的觉知所证实，因此，废名在引导读者进入唯识学的理论空间之前，首先要确证有不见其形的"心"之本体——阿赖耶识存在，从而使主体心识在认识上有其依托。这正是《阿赖耶识论》辩难的难点之一。

那么，废名是如何证得不见其形的"心"——阿赖耶识乃实有而非无有呢？

废名的观点是，尽管阿赖耶识需要在佛教唯识学的体系中得到完满的证明，但不能因其不符合"意验相符"的科学逻辑，便否认其存在的真实性。有许多旁证足以证明，很多属于"心"的东西，不见其形，无法证验，却真实存在。

其一，人心可证。废名认为，"心有心这个东西，犹如有眼睛，有字典，各有其自体。这个东西最直接的证明应莫过于良心，不藉感官，无待烦言，人人有的，人人自证"①。此乃从常识出发。

其二，圣人可证。废名一向坚信圣人之言是经过了历史检验的，堪称真理。他说："我在许多经验之后，知道古圣贤的话都没有错的。"② 这种带有明显反进化论情绪的思想使他相信，几千年前孔子的话是绝对真理，孔子虽然说过"未知生，焉知死""未能事人，焉能事鬼"，但孔子在此是不答生死，是不谈这个

---

① 废名:《阿赖耶识论》，辽宁教育出版社2000年版，第11页。
② 废名:《阿赖耶识论》，辽宁教育出版社2000年版，第41页。

问题，而不是不许有这个问题。孔子又说："敬鬼神而远之。"可见，"孔子知有鬼神，知有死，知有生"。但"我们不能说孔子知道死生鬼神，那样说便是不知道孔子，因为孔子本是不知为不知"①。即废名认为，孔子承认有不见其形的鬼神世界存在，只不过自己尚不能知。因此，废名说："孔子的宗教，即是救现世的宗教，佛教则是知生知死，救众生出轮回。"② 此生死轮回之无形世界何所在，只能超越唯物的视界，由阿赖耶识之佛法来印证。

其三，学理可证。这是废名与唯科学主义的直接交锋。废名认为，持守科学主义立场的人"耳目聪明""诸事以为求决于理智"，对不见其形的"心"，因"我不晓得"便断然否定其存在。废名质问："睡觉的时候，'我'晓得么？在耳目不及的范围，'我'晓得么？""雨淅沥淅沥的响着，聋者便不晓得""可见我们不能以'我不晓得'来否认'有'"③。因此，"我说活在有心这个东西，躯壳没有了心这个东西也不是没有"。既然不是没有，我人何以不知？废名直言，此乃世人凡事必执着于有形之惑也。而对无形世界的认知被科学家称为玄学，废名反唇相讥："你们如说我是玄学，那么你们的数学亦是玄学。你们如说数学可以应用，可以应用到别的科学上面，可以应用便是可以实证，故不是玄学，那么佛教因果亦是实证，因为世间有生死的事实，生死事

---

①　废名：《阿赖耶识论》，辽宁教育出版社2000年版，第28～29页。
②　废名：《阿赖耶识论》，辽宁教育出版社2000年版，第68页。
③　废名：《阿赖耶识论》，辽宁教育出版社2000年版，第13～14页。

实便是因果道理的应用。""我上一段话，完全是尊重科学方法，故尔有意同科学家挑衅似的。"①

尽管废名在学理上竭力辩驳，但科学与佛学的研究对象、思维方式毕竟有着根本不同，在唯科学主义的视域里，佛法仍是不可思议的。严复在《天演论·佛法》按语中曾宣称："'不可思议'四字，乃佛书最精微之语。"此"不可思议"乃"不可以名理论证"之意，直言佛法有"其理之幽眇难知"的超验性与神秘性。但对于已然开悟的废名来说，此言大谬不然。废名认为物有物则，心有心法，对于自然界的现象，科学家有自然法则予以证明，对于心之现象，佛教唯识学的解说则最堪胜任。而要解说"心"之现象，则须首先认清心之本体——"阿赖耶识"。但是，由于"世人都是唯物的，无论哲学家，无论科学家，无论老百姓（老百姓程度尚浅）都不知道心有心这个东西，但我们必须认识心有心这个东西"②"然后凡人是这个东西，作佛也是这个东西，活在有这个东西，躯壳没有了这个东西也不是没有"③。

可是，由于此"心"虽实有却无形无相，即便一些专门研究佛法的人亦未必能得此佛法之精要，唯有亲证者方知，所以废名认为，熊十力先生的《新唯识论》就是"因为不知心有心这个东西""仍是眼见物说话"，从而"误会了佛家唯识的精义"。④ 于是，废名《阿赖耶识论》的另一个论辩对象被引了出来——熊十

---

① 废名：《阿赖耶识论》，辽宁教育出版社2000年版，第67页。
② 废名：《阿赖耶识论》，辽宁教育出版社2000年版，第12页。
③ 废名：《阿赖耶识论》，辽宁教育出版社2000年版，第12页。
④ 废名：《阿赖耶识论》，辽宁教育出版社2000年版，第20~21页。

力所著《新唯识论》。

二、与新唯识论辩

著名哲学家熊十力（1884～1968）是废名研究佛学的入门之师，曾师从欧阳竞无学习唯识学，并在北京大学教授唯识学。1932年，熊十力著《新唯识论》（文言文本）。该书援佛入儒，以组建自家哲学体系，所讲唯识未免与佛家本义有所相左。此书一出，即刻遭到佛学界人士群起攻击，其师欧阳竞无阅后痛言："灭弃圣言，唯子真为尤。"欧阳弟子刘衡如更著《破新唯识论》，对熊氏其书进行系统破斥，指责他"于唯识学几乎全无知晓"，并指斥其书乃"杂取中土儒道两家之义，又旁采印度外道之谈，悬揣佛法，臆当亦尔"。熊十力立即应战，著《破〈破新唯识论〉》一书，对刘氏之斥逐一破解，他为自己辩护说，《新》著"义既远离唯识，旨亦上符般若"，认为自己非但没有离经叛道，反而是对佛学维护和发展。①

在这场论争中，废名本是局外之人，但由于平素佩服熊十力的才学思想，常与之谈儒道之异同，在由熊十力引入唯识学之门后，于佛教颇有心得。因此，读过《新唯识论》后，废名认为，熊十力虽然曾经"从师学佛，学唯识"，但是，"关于唯识的话熊

---

① 刘梦溪：《中国现代学术经典熊十力卷》，河北教育出版社1996年版。

先生都是学来的"，并非亲证，"反不如我这不学的人懂得他的精神"①。废名认为佛教的精神正在于讲阿赖耶识。因此，"我看了《新唯识论》诚不能不讲阿赖耶识，熊先生不懂阿赖耶识而著《新唯识论》，故我要讲阿赖耶识"②。

废名是如何讲阿赖耶识的呢？

首先来看废名的佛学思想体系是如何建立的。

废名从 1930 年开始研读佛书，陆续所读为龙树《中论》《智度论》和《涅槃经》《瑜伽师地论》③ 及《金刚经》《摄大乘论（世亲）释》《华严经》和提婆的《百论》等。④ 而废名信佛，信有三世，"乃在二十六年（1937 年）秋读《涅槃》'佛法非有如虚空，非无如兔角'而大悟"⑤。从废名所读佛学经典来看，他主要吸收的是印度大乘佛教的观点。

大乘佛学有两支：一是中观学派，一是瑜伽行派。中观派约公元 2 世纪形成，始祖为龙树。此派系依据龙树所撰的《中论》，宣扬般若空观，主张非有非空，亦有亦空的中道，认为现象世界均为因缘所生，并无自性，故谓一切皆空。瑜伽行派兴起于 4~5 世纪间，以弥勒菩萨为开祖，无著及世亲为此派理论体系之确立者。此派以《瑜伽师地论》为理论基础，建立唯识说，主张三界唯心、万法唯识，认为一切存在皆由心识所变现，故心识为有，

---

① 废名：《阿赖耶识论》，辽宁教育出版社 2000 年版，第 40 页。

② 废名：《阿赖耶识论》，辽宁教育出版社 2000 年版，第 3 页。

③ 废名：《阿赖耶识论》，辽宁教育出版社 2000 年版，第 41 页。

④ 废名：《阿赖耶识论·序》，辽宁教育出版社 2000 年版。冯思纯先生给笔者的信也证实了这一点。

⑤ 废名：《阿赖耶识论》，辽宁教育出版社 2000 年版，第 22 页。

万法为空。在历史上，中观学派被称为空宗，瑜伽行派被称为有宗。这一空一有是否互相矛盾呢？其实空宗与有宗并无矛盾，只是立论的角度不同，有宗晚出于空宗，但对空宗义理则能全承其要。废名于此亦颇有心得，"空宗已是有宗之理论，而有宗则补出空宗之事实。其无生无相则一。"① 废名学佛自云是"空宗有宗乃双管齐下，乃一以贯之"②，故"最得佛教空宗有宗的要领"③。"我得要领地将菩萨的话集中为两句：'空宗菩萨破假法，有宗菩萨说因果。'"④ "空宗确是教了我一个空字，有宗确是教了我一个有字。"⑤ 空宗之空即万法皆空，有宗之有乃唯有一心，即"阿赖耶识"。

彻悟之后的废名对大乘有宗唯识学之核心——阿赖耶识论表现出强烈的认同，他说，"我欢喜赞叹大乘佛教成立阿赖耶识的教义"，此乃佛教的根本要义。废名认为，佛教有宗的精纯在于唯识，而唯识的妙义正在于谈阿赖耶识与种子，这也正是废名本人于佛教最有心得处："'无生无相'是空宗菩萨给我的。因缘即种生芽法，应是我自己悟得而有宗菩萨为我作证的。"⑥ 综合大乘空有二宗的观点和自己的修行证悟，废名形成了他以阿赖耶识为中心的佛学思想体系。

具体阐述如下：

---

① 废名：《阿赖耶识论》，辽宁教育出版社 2000 年版，第 44 页。
② 废名：《阿赖耶识论》，辽宁教育出版社 2000 年版，第 41 页。
③ 废名：《阿赖耶识论》，辽宁教育出版社 2000 年版，第 44 页。
④ 废名：《阿赖耶识论》，辽宁教育出版社 2000 年版，第 68 页。
⑤ 废名：《阿赖耶识论》，辽宁教育出版社 2000 年版，第 44 页。
⑥ 废名：《阿赖耶识论》，辽宁教育出版社 2000 年版，第 4 页。

（一）阿赖耶识辨析

阿赖耶识是佛教唯识宗的核心概念。"识者心也"，心与识乃是一体两面的东西，只是在概念的建立上，心侧重于"体"，识侧重于"用"。佛教的大小乘都认可的识有六个，即眼、耳、鼻、舌、身、意，分别对应见、闻、嗅、味、觉、知六种了别作用，除此六识之外，唯识宗另加了两个识，即阿赖耶识和末那识，末那识以及前六识是依阿赖耶识而生起的。

唯识宗认为阿赖耶识作为区别于眼、耳、鼻、舌、身、意和末那识的第八识，它含藏一切，变现一切，是一切的起源和究竟。但它又不是一个客体的存在，不同于灵魂、神我或本体，乃是精神之流。废名经由修习证悟，领会到心识的奥秘即是宇宙和生命的奥秘所在，针对"世人执着有物，不知有心，说物世人心目是有一个东西，说心则空空洞洞的"，不懂得"心是一个东西，犹如物是一个东西，各有各的因果法则"①。废名在《阿赖耶识论》中，先析心识，后证因果，依照佛学经典的阐释和自己的证悟，描绘出一个较为完整的阿赖耶识的轮廓，以期对佛教阿赖耶识的探究有一个合乎唯识学原旨的基础。

首先废名对唯识学以阿赖耶识为中心的八识详加辨析，他认为，"心有眼耳鼻舌身识，故世界有色声香味触诸境"②。眼识、

---

① 废名：《阿赖耶识论》，辽宁教育出版社 2000 年版，第 45 页。
② 废名：《阿赖耶识论》，辽宁教育出版社 2000 年版，第 53 页。

耳识、鼻识、舌识、身识合称五识，缘色、声、香、味、触五境，第六识是意识，"心有意识，故世界有一异，此物不是彼物"①。"意识是心的一种，法好比是影像，影像要待现境生，法亦然，那便是我们平常见物而识物，闻声而辩声之故，不过既见既闻之后，意识有忆念过去的作用，不如影像离现境而无物了。"② 第七识末那识即相当于下意识、潜意识。这种意识活动连续不断，即使在睡梦中也不停止。"我们即不与此物彼物接触，即是耳无闻目无见鼻舌身意识都不起作用，总还有一个我在，即是不知不觉之间总有一个有我之心，这个心叫做末那识。"③

第八识乃是阿赖耶识，它是唯识宗建立的根据，"万法唯识"是依据它而成立的。那么，阿赖耶识何在？废名认为阿赖耶识是物质现象（色）和精神现象（名）的统一体，时空是心色之法的分位，因此不可以在时空中寻到阿赖耶识的实体。所以他说："我们的心是一合相，没有一个独立的实在，如世间不能单独的有一枚活的叶子，不能单独的有一朵活的花。"④

唯识学认为，宇宙间一切法相，皆由识所变现，一切法不离识而有，故名唯识。心所观境，皆由心识变现，非有识外之境，故名唯识无境。凡夫不知唯识之理，内执身心为实我，外执自然世界为实法，故唯识学之转识成智就是要转舍凡夫之遍计所执自性，转得依它起自性和圆成实自性。遣分别之心识为无分别之智。

---

① 废名：《阿赖耶识论》，辽宁教育出版社 2000 年版，第 53 页。
② 废名：《阿赖耶识论》，辽宁教育出版社 2000 年版，第 46~47 页。
③ 废名：《阿赖耶识论》，辽宁教育出版社 2000 年版，第 53 页。
④ 废名：《阿赖耶识论·序》，辽宁教育出版社 2000 年版。

众生贯习，恒执心外有法，不知一切皆心所变也。修佛悟道，重在观心，于心识上用功，这就是唯识之方法。显然，唯识学是基于"心为法本"的佛学理念而广演唯识妙谛的。废名于此深有领悟："唯识的精义始终是心这个东西，世界是它，佛亦是它。"①

（二）破假法——阿赖耶识缘起义

缘起是佛教的根本理论之一，指一切法（现象）都是因缘相续而生，即任何事物皆因各种条件之互相依存而有变化，这是佛教对于现象界的起源、发展和变化的证悟理则。缘起论是对实体论的否定，诸法缘起而性空，诸法没有固定不变的自性，万法由缘生，万法因缘灭，正因为本无实体，才可有业力轮回。唯识学立阿赖耶识就是确定轮回的主体是无我性的业力。唯识学认为，阿赖耶识乃宇宙生命的本体，为一切现象产生的根本，外而世界，内而身心，都是由此阿赖耶识的种子变现而来。

唯识学的基本理论，就是"万法唯识，识外无境"。眼、耳、鼻、舌、意这六根所攀缘的色、声、香、味、触、法六境，皆非实境，全由心识变现出来的。我们心识变出相分（认识的客体），再由心识同时变现出的见分（认识的主体）去认识。

> 见必要色，闻必要声，是一件事的两端，色与声无所谓外，不是绝对的"对象"。西洋哲学家说是对象，佛书上说

---

① 废名：《阿赖耶识论》，辽宁教育出版社 2000 年版，第 54 页。

是心的"相分"。凡属心,都有其"见分"与"相分"。梦与记忆是意识作用,而意识自有其相分,就法则说,意识的相分本不如五官识的相分为世俗所说的那个外在的对象罢了。①

阿赖耶识与其他六识的关系,废名则以水流与水波的关系来比拟描述。

> 眼识耳识鼻识舌识身识意识都如水流之波,而阿赖耶识如水流。波有时不兴,而水则无时不流,故我们可以不见物不闻声不追念过去如熟寐无梦的时候,而我们的心则无时不在,明朝早起依旧听啼鸟看落花了,好比水里又兴波作浪了。无时不在的心是阿赖耶识。②

(三)阿赖耶识种子义

"识变"是唯识学中最深奥难解的一部分。而废名"在故乡避难时,习于农事,每年见农人播种,见农人收获,即是说见植物的下种发芽开花结实,周而复始,一日在田间而悟得种子义,大喜"③。他打比方说:"一株植物是诸多种子,诸多种子是一株

---

① 废名:《阿赖耶识论·序》,辽宁教育出版社2000年版。
② 废名:《阿赖耶识论》,辽宁教育出版社2000年版,第47页。
③ 废名:《阿赖耶识论》,辽宁教育出版社2000年版,第41页。

植物，由种子长起一株植物，由一株植物又结成种子，若轮之旋环无始，佛教所说的轮回便是这个意思"①。

阿赖耶识常被比作是仓库，所有种子都包藏在里面，当遇到外缘触动的时候，种子就会变为现行，就像谷子遇到土壤、阳光、空气和水会生长发芽。阿赖耶识，意译为"藏识"。依唯识宗之说，阿赖耶识为宇宙万有之本，它含藏万有，记录人的善、恶之业作为轮回种子，使之存而不失，故称"藏识"。废名认为，"心能藏物，犹如镜能藏像；心有眼识耳识鼻识舌识身识意识等等，犹如树有根茎枝叶花果等等；根茎枝花果各有其作用各有其自体，而又能藏在一颗种子里头，种子又毕竟是种子的自体，能藏不碍所藏。总而言之是心。物不是离心独在，物是与心合而为一，说心就应有物，犹如说镜子就应有像"②。

阿赖耶识所含藏的是前七识的种子，种子与阿赖耶识不一不异，互为因果，种子的集合就是阿赖耶识，没有离种子而独有的阿赖耶识。而阿赖耶识是一切物质现象和精神现象的统一体，在我们认识的世界里，并没有真正的阿赖耶识客体存在。也就是说，在唯识学里，没有"境"和"我"的主客体分立。境是由阿赖耶识中的种子变现出来的，而这种子又是由七转识对境熏习而形成的，即种子起现行，现行又熏种子，这样互为因果，以至无穷。要说明的是，阿赖耶识虽然是宇宙万有之根本，有情生死流转之主体，但其实质是业果相续，刹那生灭。阿赖耶识虽与"灵魂"

---

① 废名：《阿赖耶识论》，辽宁教育出版社 2000 年版，第 50 页。
② 废名：《阿赖耶识论》，辽宁教育出版社 2000 年版，第 19 页。

颇为相近似，但其本身仍然是空、无我，是依他起性，而并非独立自存、永远不变的主宰者。即所谓宇宙万法，皆是第八识阿赖耶识中含藏的万法种子变现而来。

那么，这阿赖耶识中含藏的种子有何特性？这便是废名最有心得的唯识种子义。

唯识学认为种子有六义。其一，刹那灭。种子只是一种功能，不可以色、声、香、味、触去测量，但在发生作用时却有力用。这种力用，才生即灭，即所谓"无间即灭"，中间没有"住"的阶段，这叫作"刹那灭"；其二，果俱有。种子起现行，虽然刹那即灭，但不是灭后始有果，而是刹那生灭之际，"正位转变，能取与果"，也就是即因生现果，这果就是新熏的种子。其三，恒随转。种子起现行，刹那灭，果俱有，但不是灭了即断，而是前灭后生，相似随转，恒常不断。其四，性决定。种子随其能熏因力的善恶，而决定其性别，成为善业种子或为恶业种子，而在起现行的时候，善业种子起善的现行，恶业种子起恶业现行。此一原则，决定不变。其五，待众缘。种子起现行，要众缘具足；其六，引自果。种子并不是一类种子生各类的果，而是色法种子生色法的果，心法种子生心法的果，此一法则不能错乱。

废名认为，"种子六义只有两义难懂……这难懂的两义是'果俱有'义与'引自果'义。熊十力先生便因为误解了'果俱有'义而著《新唯识论》，因此佛教失了一个信徒，这真是最大的损失"①。而这两义讲清楚了，因果道理便也明白了。

---

① 废名：《阿赖耶识论》，辽宁教育出版社 2000 年版，第 62 页。

废名是如何理解"果俱有"与"引自果"呢？

　　果俱有者，因与果同时俱有，即甲必生乙，而甲不因乙生了而消灭，甲乙是同时俱有。乙必生丙，乙不因丙生了而消灭，乙丙是同时俱有，丙丁戊己庚辛类推。故植物种必生芽，而且种芽俱有，种的种子后来又自生种。《瑜伽》说"无常法与他性为因，亦与后念自性为因，是因缘义"，便是这个意思。果俱有是"与他性为因"，引自果是"与后念自性为因"。《成唯识论》释"果俱有"有云："虽因与果有俱不俱，而现在时可有因力。"便是说，甲为因，乙为果，是因与果俱，而丙丁戊己庚辛则不俱，丙丁戊己庚辛虽不俱而丙丁戊己庚辛都在里面，现在时可有因力。①

　　植物不是种灭芽生而是种芽俱有。因坏而果生，于理不合。②

　　显然，这是废名针对优胜劣汰的进化论原理有悖于历史发展之因果相生的辩证法则而特别提出的。他强调了历史发展中因果链条不可断裂，从而也就为他所坚持的中国传统文化之不可割裂奠定了思想基础。

　　"引自果"则将佛教因果关系的复杂性与规律性清晰呈现。

---

① 废名：《阿赖耶识论》，辽宁教育出版社 2000 年版，第 63 页。
② 废名：《阿赖耶识论》，辽宁教育出版社 2000 年版，第 44 页。

《成唯识论》释"引自果"植物的芽茎叶都是芽茎叶种子长出来的，不是一个性质的种子长出各样东西如芽与茎与叶来，也不是由一枚叫做种子的东西而芽而茎而叶互为因缘生长出来。芽要芽种，茎要茎种，叶要叶种，自种生自果，不是一般种生诸多果。用我们现在的新名词是"分工合作"。①

废名有一诗歌《花盆》，可与此段文字参照阅读：

池塘生春草，

池上一棵树，

树言，

"我以前是一颗种子。"

草言，

"我们都是一个生命。"

植树的人走了来，

看树道，

"我的树真长得高，——

我不知那里将是我的墓？"

他仿佛想将一钵花端进去。

---

① 废名：《阿赖耶识论》，辽宁教育出版社 2000 年版，第 43 页。

"种子义"是废名领悟于乡间，印证于佛书，并在 1941 年写成《说种子》分寄给友人，却未得到回应的。正是在这样的证悟当中，废名彻悟了佛教的生死观："世界不止我们人类这个世界，佛说三界，欲界色界无色界，阿赖耶识藏有各界种子，故各界都可生。在各界中打转，叫做轮回。""我们身上的发毛指甲为心即阿赖耶识所不执持，同我们死后的身子为阿赖耶识所不执持一样。"①"我们所说的'死'，是阿赖耶识离身；我们所说的'生'是阿赖耶识依托着，即所谓投胎。死不是断灭，生仍是本有。"②

从《阿赖耶识论》的内容分析中不难看出，废名笃信的是大乘佛教之唯识学思想，而此前所谓评论界"公认的是禅宗"③ 这一结论，显然有悖于废名学佛信佛的基本理路。废名对于佛学的兴趣，固然与其自幼浸淫其中的黄梅家乡的禅宗氛围密不可分，但作为学者，废名的性喜是建立在理通基础上的，乃智信而非迷信。从废名所读佛书来看，《中论》《智度论》《涅槃经》《瑜伽师地论》和《金刚经》《摄大乘论（世亲）释》《华严经》及《百论》等，正是大乘佛教空宗有宗的主要经典。而禅宗作为中国化的佛教，固然在历史渊源上不能与印度佛教相分离，但在禅的思想传承上却与大乘佛教另有出入。据称印度佛教中关于禅思想的许多佛典并未传世，据相关经序介绍，其主要典籍应该是安世高译的《安般守意经》、大小《十二门经》，支娄迦谶译的《般

---

① 废名：《阿赖耶识论》，辽宁教育出版社 2000 年版，第 51 页。
② 废名：《阿赖耶识论》，辽宁教育出版社 2000 年版，第 50 页。
③ 杨厚均：《废名创作中禅意的形成与嬗变》，《湘潭大学学报》1999 年第 3 期。

舟三昧经》《首楞严三昧经》等。这些经典主要叙述印度禅思想中的制惑、调息和控制心作用等内容，以及对佛的冥想。显然，废名所读佛典并非此路。

那么，是否可以据此认定废名的佛学思想与禅宗无涉呢？如果我们了解禅宗与唯识之间的关系，就不会在这个问题上过于偏执。作为"中国化"的佛教，禅宗与唯识学有着共同的佛学理论前提即唯心。禅宗所讲的明心见性与唯识学的转识成智亦有相通之处，二者不同主要是在对心体的认识上，唯识学的心是个体的阿赖耶识，而禅宗的心则是指众生本有的佛心、真如、真常心。在方法与实证上禅宗主张"教外别传，不立文字，直指人心，见性成佛"，顿悟成佛是禅宗特有的法门，对理论性极强的唯识学，禅宗并无兴趣。而废名信佛显然更重佛理，或者说是学理研究与生命亲证相结合。在其个人行为上，废名每天打坐，却"从不吃斋念佛，也不到庙里烧香磕头"，"完全是修身养性"的一种方式"①。

归根到底，废名是一位认真执着的学者，而"印度有印度之佛学，中国有中国之佛学。其所宗向虽一，其所趣发各殊。谓宜分别部居，溯源竟流。""今后而欲昌明佛法者，其第一步当自历史的研究始。"② 梁启超的此番论述，不仅代表了他本人研究佛学的基本理路，也当是中国近现代学人研究佛学的重要思路，同时

① 冯思纯：《为人父，止于慈——纪念父亲废名诞辰 100 周年》，《新文学史料》，2001年第 4 期。

② 梁启超：《大乘起信论考证序》，《佛学研究十八篇》下册附录一，中华书局 1936年版。

也应该成为后世学者研究厚佛作家思想特征的基本理路。在 20 世纪中国文学研究中，由于后世学者普遍缺乏深厚的佛学修养，在对厚佛作家的思想创作分析探讨时，往往一概而论之为禅宗影响，对废名的创作思想的解读中这一点尤为突出。事实上，唯识与禅宗并非一体，废名固然深受其家乡禅宗思想的熏染，但从其精心研读的佛学著作和《阿赖耶识论》所提示的思想理路来看，废名所信亦非就是其家乡黄梅所传之禅宗。得大乘佛教之空宗有宗之精要，得唯识学之精义，悟得阿赖耶识之真谛，才是废名佛学思想的基本理路。

第三章

出佛归儒：废名的儒学皈依

废名自幼受故乡浓厚的佛教文化熏陶，平生曾与僧人交游，师友之间亦有熊十力、周作人、俞平伯等人可与之谈佛论道，并有佛学著作《阿赖耶识论》传世。在思想理路上，废名的理想状态应该是沿袭其所崇尚的程朱理学的思想路数，游走于儒佛之间，像周作人那样，"半是儒家半释家"。然而，1937～1946年，抗日战争爆发，十年的乡村避难生活彻底改变了废名的人生轨迹，也转变了废名的思想走向，使其最终由援佛证儒、会通儒佛而至出佛归儒，在中华民族文化精神的体认与自我人格的塑造中，确立了儒家思想的中心地位。

废名的这一转向，固然不能为国难当头仍安居京城的周作人所理解。废名南归之后，周作人曾一厢情愿地"相信他仍是在那一个小村庄里隐居"，"多'静坐深思'"①。但是，半个多世纪之后，当代学人仍把避难黄梅的废名想象成一个参禅悟道的隐士，

---

① 周作人：《怀废名》，《周作人散文》第一集，中国广播电视出版社1992年版，第154页。

这就不能不说是莫大的误解。① 其实，早在废名避难黄梅七年之后就曾对自己的生命状态有所描述。"这几年之中，遭遇国难，个人与家庭流徙于穷村荒山之间，其困苦之状又何足述。只是我确是做了一个'真理'的隐士，一年有一年的长进。"② 此之"长进"，写进了废名战时和战后的两部著作中，其一是佛学著作《阿赖耶识论》，其二是自传体小说《莫须有先生坐飞机以后》。只不过世人多未睹废名著述之真实面目而想当然地认为，《阿赖耶识论》乃纯粹的佛学证悟，《莫须有先生坐飞机以后》亦不过是《莫须有先生传》的续集。事实上，废名写作《阿赖耶识论》的一个重要意图乃是会通儒佛，而坐飞机以后的莫须有先生与隐居西山时的莫须有先生已经判然两路。

只有潜入历史的深处，才能触摸历史的真相。且让我们沉潜于历史的褶皱之中，用心体悟乡土中国对于废名这位战时彻底沉入民间的现代知识分子的心灵再造，在废名真实的心路历程中追索历史的真相。

一、知行合一：打捞散落民间的人文精髓

1937 年以前，废名的人生状态是"现代都市里的知识分子"。

① 钱理群在《周作人研究二十一讲》中称废名"南下归乡，隐居山村"（中华书局2004年版，第285页），杨联芬在《归隐派与名士风度——废名、沈从文、汪曾祺论》一文中也称废名"有隐居乡间的实际行为，与古代隐逸士大夫最为相似"（《北京师范大学学报（社会科学版）》2005年第2期）。
② 废名：《阿赖耶识论·序》，辽宁教育出版社2000年版。

战争爆发后，废名从北大书斋回到黄梅乡间，从终日诗书做伴到天天准备跑反，乡村的避难生活迫使废名放下了手中的书本。然而，十分可贵的是，废名并没有如人们想象的那样过起山中隐居的生活，而是捧起了中国民间社会这本大书，向民间学习。

求知问学于民间，首先颠覆的是知识分子千百年来诗书唱答的生活方式，同时也拷问着新文学作家废名的人生价值观。十五年前，废名由黄梅乡村考入北京大学外语系，一路追寻新文化运动之曙光，并在周作人的欣赏与提携下，成长为成就不俗的京派文学作家。十五年后，战争阻断了废名在京城的发展，命运以逆转的方式，让废名踏上了北京到黄梅的返乡之路。尽管当时京城师友亦各自离散，一部分人正在去往西南联大的南行途中。但是，知识分子个体生命的放逐与学院空间集体精神的迁徙有着本质的不同。在西南联大，战时知识分子的学院空间并未瓦解，精神家园依稀可寻，但在湖北黄梅，废名留给京城师友的却是一个孤冷的背影。这个背影一去十载，引人无限唏嘘感慨。然而，最当有世事沧桑之感的废名本人，却未在感慨中虚掷杂渔樵耕夫以外的十年光阴，他在抛却了都市知识分子安身立命的书本的同时，也毅然抛却了作为新文学作家那"有限的哀愁"。作为战时唯一一位彻底沉入民间的现代文学作家，废名以学识感恩家族，以教育回馈乡邻，坦然而从容地完成了他在黄梅乡村的战时田野调查，成就了现代文学史上一部绝无仅有的作品——《莫须有先生坐飞机以后》。

这样的转向与成就，首先得益于废名对中国知识分子千百年来书斋里面做学问的求知方式的深刻反思，这是解读废名思想转折至关重要的一点。从当时的客观现实来看，战乱乡间，读书人已无书可读，废名于穷乡陋室之中打算撰写《阿赖耶识论》时，只有一本《伊川学案》可供参考，其兄问他："你能不要参考书？""说话不怕错吗？"① 废名答曰："我取《伊川学案》而阅之，是对于大贤表示敬意，未必是想从上面得什么道理。孰知他讲格物致知，道人之所不能道，于我又很有启发。"② 废名认为，"致之在格物，非由外铄我也，我固有之也，因物而迁迷而不悟，则天理灭矣，故圣人欲格之"，此大贤语录正契合了自己顿悟佛理的认知过程。③ 自幼亲近佛教的废名，在 1937 年秋读《涅槃经》后大悟，"于是抛开书本而不读，旋即奔回故乡，从此在故乡避难"④。废名认为，"自己能信佛便好，无需读书""我已能一以贯之，可为世人讲佛法矣"⑤。显然佛教信仰之于废名是始于读经却不止于读经，他在佛经之中领悟到的恰恰超出佛经之外的东西，即精神生命的一种体验、印证和确认。学佛让废名了悟了学问之于生命的真实含义——知识分析和理论构架是有价值的，但它们需得建立在思想者内在生命体验之上才会真实可靠。思想、学术不仅仅是以发现客观真理为承诺的一套超然的分析系统，同时更是一种加深和扩大生命精神的功夫。一种思想或一项研究，

---

① 废名：《阿赖耶识论》，辽宁教育出版社 2000 年版，第 3 页。
② 废名：《阿赖耶识论》，辽宁教育出版社 2000 年版，第 23 页。
③ 废名：《阿赖耶识论》，辽宁教育出版社 2000 年版，第 23 页。
④ 废名：《阿赖耶识论》，辽宁教育出版社 2000 年版，第 22 页。
⑤ 废名：《阿赖耶识论》，辽宁教育出版社 2000 年版，第 22 页。

最终须得演变成为一种对人精神生命形态的重新设计，方才算得上功德圆满。

走进佛教唯识学，是废名思想建构中一个至关重要的事件。同样至关重要的事实是，废名彻悟唯识种子义是战时避难黄梅乡下，观农人耕种之时。这一非同寻常的时间和空间提示我们，废名选择唯识学，绝非只是一个知识学的问题，如他自己在《阿赖耶识论》里曾说的那样，这是一个直接得到生命亲证的过程。正是在学问之于个人真实生命体验关系上异乎寻常的自信，废名才断然决定写作《阿赖耶识论》以对抗被他称为"无用之书"的熊十力的《新唯识论》。在废名看来，未经生命人格印证体验的所谓学问，皆是夸夸其谈的废话，而熊十力"曾经从师学佛，学唯识，关于唯识的话熊先生都是学来的，与熊先生自己无关"①。废名认为，真正的思想和学术，总是与个人生命精神之间有着一层切肤之痛的关联，否则，再怎么完整、周密，也是肤浅的。也就是说，思想学术不仅仅是一种主张，也不仅仅是一个逻辑的推论、纯理的思辨和可供传输授受的知识，更是一种聚集而成的生命形态，在其知识学形式的背后，须得有深厚的生命经验作为支柱。一旦为生命经验所亲证，这样的理论著述便"只要有常识思想健全的人都可以看，不须专门学者"②。因此，当其于穷乡陋室之中着手写作《阿赖耶识论》时，他说："我不引经据典，我只是即物穷理。我这话说得有点小气，但这一句小气的话是我有心说来

————————

① 废名：《阿赖耶识论》，辽宁教育出版社 2000 年版，第 41 页。
② 废名：《阿赖耶识论·序》，辽宁教育出版社 2000 年版。

压倒中国一切读书人的"。"中国一向以读书为穷理之传统。哥伦布发现西半球不是读书来的。达尔文研究生物也不是捧着书本子。吾友古槐居士曾经说过，何必读书然后为学这句话是不错的，孔子责子路不是说他这句话不对，是说子路不该以这句话为理由，故说他是佞。我亦以为如此。我常赞叹印度菩萨的著论，他们那里目中有一部经典在？他们才真是'博学于文，约之以礼'。真理是活的，又真是'瞻之在前，忽焉在后'，从那里下手就权且从那里下手。中国只有程朱诸子有此力量，此外则不知学问为何事。我今欲为中国读书人一雪此耻。"① 在给周作人的信中，废名也再次对自己的这一转向进行确认，"学生在乡下常无书可读，写字乃借改男的笔砚，乃近来常觉得自己有学问，斯则奇也"②。

　　正是废名对待思想学问所特有的重视生命亲证的态度，使得由近佛而亲儒的转变成为他思想路径的必然走向。战乱时代，整个国家经历着日益严重的民族危难，佛教中的诸种学问固然与个人生命良知有诸多关联，但是与中国的传统儒学相比，佛学对于民族危机笼罩下个人生命良知的困厄忧患所发生的切肤之痛，远不及儒学。正如 1918 年对佛学钻研甚深的梁漱溟折入儒学时曾说："佛学只能让少数人受益，可孔子的学说是对大多数人说的"③，废名也恰是在由一己之修养转向民间众生之思索时，出佛归儒。

---

① 废名：《阿赖耶识论》，辽宁教育出版社 2000 年版，第 3 页。
② 周作人：《怀废名》，《周作人散文》第一集，中国广播电视出版社 1992 年版，第 153 页。
③ 柳志英：《儿子眼中的梁漱溟》，《新世纪周刊》2007 年第 3 期。

避难乡间的废名一方面反心自求，于佛教修行中寻求自我生命人格的完善，另一方面反观历史，力图为危难之中的民族寻求昌盛发展之路。这样的求索方向，使得原本就认为"儒佛一致"的废名，自然而然地更加倾向于"修齐治平"的儒学思想。废名多次谈及，"儒佛之争，由来久矣，实在他们是最好的朋友，由儒家的天理去读佛书，则佛书处处有着落"①。"儒家辟佛是很可笑的，他自己是差之毫厘，乃笑人谬以千里。"② "儒家的生活除了食肉而外，除了祭祀杀生而外，没有与佛教冲突的。"③ 在废名眼里，儒佛之理原本就是相通的，二者不同只在于佛学是出世的宗教，儒学则是现世的宗教。而在中国传统的学术研究中，出入于儒佛之间，各取其精髓，成自家之学说，亦不乏其人。比如，陈寅恪先生就认为："宋儒若程若朱，皆深通佛教者，既喜其义理之高明详尽，足以救中国之缺失，而又忧其用夷覆夏也。乃求得两全之法，避其名而居其实，取其珠而还其椟。采理之精粹以之注解《四书五经》，名为阐明古学，实则吸收异教。"④ 但是，当废名沉入民间，了解了写在现实土壤中的中国历史与国情之后，才明白，自己所笃信的佛教与中国民间社会是有距离的，"中国农民，因为是现世主义的宗教，佛教不会教给他们出世的，一般农民决不想做和尚的。"⑤ 中国人所信奉的乃是现世的宗教，儒学

---

① 废名：《阿赖耶识论·序》，辽宁教育出版社 2000 年版。
② 废名：《阿赖耶识论》，辽宁教育出版社 2000 年版，第 2 页。
③ 废名：《莫须有先生传》，广西师范大学出版社 2003 年版，第 346 页。
④ 吴学昭：《吴宓与陈寅恪》，清华大学出版社 1992 年版，第 10～11 页。
⑤ 废名：《一个中国人民读了新民主主义论后欢喜的话》手稿，第 86～88 页。

根深蒂固于民间社会，"中国文化所表现的真理是治国平天下的宗教"①，是孔子的宗教，"是救现世的宗教"②。可以想见，从书中的历史到乡间现实，和黄梅百姓共同跑反的场景，每每让废名有观览历史的生命体验，写在纸上的历史反而缺少了真实性。比起书斋中纯知识性的博学和反思，废名当下更为看重的是眼前的这部真正的历史，看重思想能否直接有力地"进入历史"、介入道德实践的能力，这一相当质朴而又独特的理解，使他对中国文化有了更加深入的省察。

　　在农村社会里头，要实践道理，当然从孝弟起，因为一个人总是先做小孩子，故论语第一章学而时习之之后，接着便是孝弟为仁之本。儒家是顶难懂的一个东西，也是最切实的一个东西，他没有一套学说，他完全是实践了。惟践形的圣人可以说"知人者，其天下乎"③。

　　这样的实践伦理，让废名由衷赞叹儒学，赞叹"孔子是中华民族之师"④。

　　我爱中国，因为我懂得中国的学问，因为中国有孔子，孔子之后有孟子，孟子之后又有宋儒。他们的学问除了生活，除了做

---

① 废名：《一个中国人民读了新民主主义论后欢喜的话》手稿，第 26 ~ 28 页。
② 废名：《阿赖耶识论》，辽宁教育出版社 2000 年版，第 68 页。
③ 废名：《一个中国人民读了新民主主义论后欢喜的话》手稿，第 48 ~ 49 页。
④ 废名：《一个中国人民读了新民主主义论后欢喜的话》手稿，第 21 页。

人，一点也没有学问的方法的。①

儒学正是现实的生命的学问，它落实在最真实的生命过程当中，是具有真实感、确切性和客观性的内容真理。废名由此而领悟到了儒学成为中华民族文化的根源所在，以及它对中华民族的形成、繁衍、统一和稳定所具有的不可替代的作用。绳之以学术之于道德践行、生命经验不可分离的一体化原则，孔子的儒学是最合乎"知行合一"之道的，这也正是儒家所倡导的，也成为走出书斋的废名在中国现实土壤上做学问的必然选择。他说："学问是知行合一的。求知识不能算学问。因为世界本来是真理，学问便是要与真理合而为一，耳目见闻只是真理的表面罢了，在大半的场合下反而是真理的障碍。"②

"知""行"合一强调的就是道德认知和道德实践的无间断性，"知"便是"体验"，由体验而知，即亲自实地证会，中无隔断。废名的这一看法类似于宋儒张载对"德性之知"和"闻见之知"的区别，德性之知与闻见之知的最大区别即在于，闻见之知不必出诸生命体验，而德性之知必须有待于生命证验。闻见之知是无须触动生命经验即可相互授受的一种知识，而德性之知是一种体认和内在印证，是主体生命精神境界的体现和确认。德性之知不能离开一般知识，但它并不等同于一般知识。事实上，王阳明提出的"知行合一"，其"知"就是指道德之知，"行"也是

① 废名：《一个中国人民读了新民主主义论后欢喜的话》手稿，第79～80页。
② 废名：《一个中国人民读了新民主主义论后欢喜的话》手稿，第23页。

道德之行，"知行合一"强调的是，知即是行，行即是知，或知之真切笃实处即是行，行之明觉精察处即是知，知而不行则非真知，行而不知则是盲行。真知是一定要践行的，真知本身就是践行。当废名深入民间，在乡野之中对话乡民时，却"简直不以为自己是坐在驿路旁一家茶铺里一条板凳上面了，简直是在书斋里读古人书了，记起了这样一句话：'三人行必有我师焉，择其善者而从之，其不善者而改之'"①。这样的学问境界，或可是"知行合一"了。这也正是废名对自己从现代新文学作家转身为乡村知识分子生命价值的确认。由此，废名也对重新塑造了其生命价值观的孔子儒学感激涕零："莫须有先生深深爱好孔夫子的言语，而其抒情则等于杨朱泣路了，而其勇往直前的精神则是墨翟兼爱摩顶放踵利天下为之，从前是大学教员，现在来金家寨小学教书，乡间鲜有此盛德之人。"② ——废名为自己重新树立了有意义的学问价值与人生价值。

知行合一的学术理念的确立，使得废名对自己过去创作——那是纯粹的书斋里冥思苦想的产物，予以断然否定。"《莫须有先生传》有给你们读的价值吗？我现在自己读着且感着惭愧哩。"③与此同时对于那些在生命的困厄和忧患中被领悟和认同的出自最深刻的生命体验的思想信念，废名则迫不及待地一遍又一遍地深切表述："莫须有先生都懂得了，对于乡间事情，举凡人情风俗，

---

① 废名：《莫须有先生传》，广西师范大学出版社 2003 年版，第 137 页。
② 废名：《莫须有先生传》，广西师范大学出版社 2003 年版，第 170 页。
③ 废名：《莫须有先生传》，广西师范大学出版社 2003 年版，第 113 页。

政治经济，甚至于教育，都懂得了。"①《莫须有先生坐飞机以后》在废名看来，"可以说是历史，它简直还是一部哲学。""莫须有先生的学问，莫须有先生的经验，都是莫须有先生的辛苦换来的。"② 这一经验因紧连着废名自己的血肉，饱含着生命质感，而被视为弥足珍贵。

> 抗战期间我在农村间与一般农人相处有十年之久，深深知道中国的抗敌工作都是大多数的农民做的，当兵的是农民，纳粮的是农民。同时我知道救中国的还只有中国的圣人，便是五四运动所喊打倒的偶像，便是二帝三王，他们是中国农民的代表。中国是有希望的，因为中国的农民有最大有力量，他们向来是做民族复兴的工作的，历史上中国屡次亡于夷狄，而中国民族没有亡，便因为中国农民的力量。中国农民自始至终在那里自己做主人，神圣地书写他们做人的义务，即是求生存，那怕过的是牛马的生活。所以夷狄来了也不过是敌人而已，他们仍然自己做自己的主人，即是求生存，即是耕田，即是民族复兴的工作，等到有民族英雄起来，他们就高兴极了。③

那么，民间力量最根深蒂固、最源远流长的文化根源是什么？

---

① 废名：《莫须有先生传》，广西师范大学出版社 2003 年版，第 135 页。
② 废名：《莫须有先生传》，广西师范大学出版社 2003 年版，第 114 页。
③ 废名：《一个中国人民读了新民主主义论后欢喜的话》手稿，第 4～5 页。

废名积十年战乱期间于民间的深刻体验，坚信孔子儒学乃中华民族之血脉，"中国是最伟大的民族。孔子是中华民族之师。"①"我更明白说我喜欢现世主义的宗教，即中国的儒家。"②

二、道德主体：自我身份的再塑与体认

知行合一，让废名捧起了中国民间社会这本大书，以饱含生命质感的学术思维发掘民间社会的意义价值，同时也完成了自我生命价值的找寻和重塑。1922 年至 1937 年，废名作为京城里的新文学作家、现代知识分子，其生活与创作表现为会通儒佛，以佛学为主色调；1937 年至 1948 年，废名避战乱于黄梅乡村，成为生活于社会底层的乡村知识分子，佛教的生命价值观已无法满足废名对人间现实的思索，其自幼濡染的儒学思想以根深蒂固的民间力量影响并改变了其思想基调，儒学思想成为废名思想的核心。

儒学是中国传统思想文化的主干，儒家的价值哲学思想，最集中地体现在其人生价值观当中，牟宗三先生曾用"开辟价值之源，挺立道德主体，莫过于儒"来概括儒家的内涵与意义③。正是在儒家价值哲学思想的引领之下，废名在黄梅乡间一方面完成

---

① 废名：《一个中国人民读了新民主主义论后欢喜的话》手稿，第 21 页。
② 废名：《一个中国人民读了新民主主义论后欢喜的话》手稿，第 66 页。
③ 牟宗三：《中国哲学十九讲》，上海古籍出版社 1997 年版，第 59~60 页。

了一个现代知识分子对民间社会的价值认同，另一方面以"修齐治平"的儒家理想完成了自我生命价值的重塑。废名曾心怀感触地说："人生的意义是智慧，不是知识，智慧是从德行来的，德行不是靠耳目，反而是拒绝耳目的。"① 这与牟宗三对儒家哲学正本清源的解读如出一辙。

> 关心我们的生命和关心自然——从知识的态度来了解自然，这是完全不同的。关心我们的生命要从德性方面讲，从德性上关心生命这个态度根本就是从知识的态度跳出来提高一层，这是属于实践的问题。比如说孔子提出仁，仁这个观念完全是个道德理性（moral reason）的观念，是属于实践的问题。关心生命并不是生物学所了解的那个生命，仁这个观念也不能通过生物学来了解。了解仁是要了解如何使人类的生命实践地顺适调畅，并不是了解几个细胞。②

废名十分欣喜于自己在避难期间所获得的儒家思想的修行与提升。

儒学作为人生价值的哲学，其核心是"德性"价值观，作为价值主体的人的德性是一切事物的价值尺度。那么，废名是如何确认这一价值尺度的呢？

---

① 废名:《莫须有先生传》，广西师范大学出版社 2003 年版，第 345 页。
② 牟宗三:《中国哲学十九讲》，上海古籍出版社 1997 年版，第 44 页。

（一）德性主体：人生终极价值的确认

何为德性？儒家认为，人得天命而成人性，是为"德性"。德性得自天，所谓"得天为性"。人性即是仁义礼智孝悌忠信等等，儒家认为这些都是天性，也是自然。"率性之谓道"，在儒家哲学中，人生价值就体现在"率性"当中，即随顺本性行事，不造作，"从心所欲"，不假安排。由此看来，人自己的天性或"德性"就是衡量一切价值的尺度。儒家对于价值尺度的这种看法，有一个根本性的基础，就是"性善论"。这一点十分重要，因人性本善，故只要循性而行，就无所不善。而主张人性善的孟子的思想也就成为儒家思想的正统。这种天生的善性，孟子又称之为"良知"或"良能"。"人之所不学而能者，其良能也；所不虑而知者，其良知也。"（《孟子·尽心上》）天性良知是一切价值的衡量尺度，这就是儒家的德性价值论。

废名于此感同身受。

据我看，孟子的价值，便在冒天下之大不韪说出这一个"善"字了。世界永远是一个努力，便是努力实现善的。世界不是空谈道理，我们大家都要生活，我们大家的生活都达到"中"无过与不及，便是善的实现了，不是"善"的推动力，从何而有"中"的迫切的要求呢？我认为孟子这个"善"字的力量真大，超过古今中外任何学说的。离开生存来说道德是很不容易的。①

　　"良心"在中国儒学中具有万化之源、众善之本的地位，尤其在提出"知行合一"的心性学派儒者看来，"致良知"之旨不仅在于造就一般有德性的人，而且在于使自我不断趋近圣贤人格，建立一种个人可以安身立命的终极关切。

　　因此道德主体性的确立在儒家一向备受重视，首先把价值标准确立起来，也就确立了自己据以安身立命的价值尺度。废名的独特之处在于，其道德自我的确立和他的佛学信仰有密切关系，在写作《阿赖耶识论》时废名就坦言，他是从道德出发来说话的，道德是儒佛共同的价值基础，也是废名与进化论相抗衡的学术基点。从儒家思想出发牟宗三曾举证"最重视科学、最重视现代文明的"罗素的观点——"他说，提到科学当然是以我们现在的为标准，可是谈到德性问题，你不要轻视 stoic，也不要轻视苏格拉底，他们的智慧高得很"②。废名认为，"人类历史上必有德行完全的人表现真理"，孔子和释迦牟尼都是德性完全的圣人，都是真理的代表。"天地万物不是你我，正是天理"，儒家的"天理便是性善，而佛书都是说业空，业空正是性善了"③。在人生的根本问题上，废名以"性善"融通儒佛，最终其出佛归儒，确立道德主体——"我佩服中国民族精神的伟大，我懂得

---

①　废名：《一个中国人民读了新民主主义论后欢喜的话》手稿，第52～53页。
②　牟宗三：《中国哲学十九讲》，上海古籍出版社1997年版，第44页。
③　废名：《阿赖耶识论·序》，辽宁教育出版社，2000年版。

二帝三王为什么叫做'王道'了，我懂得孔子为什么讲一个'恕'字，大学平天下之道就是'絜矩'之道了。……这是表面上的德行吗？不是的，是民族道德，根柢很深的"①。

"具体而真实的我，是透过实践以完成人格所显现之道德的自我。此我是真正的我，即真正的主体。"② 正是知行合一学术理念，使废名将自己所钟情的佛学和儒学精髓贯彻落实到了个体的生命当中，以实践的笃实的精神来实现之，彰显之，以个人的道德行为为依托，反观自身，取其良知，浸润本质，由此完成了一个深入民间的现代知识分子之道德主体的认同与塑造。

（二）修齐治平：人生德性价值的实现

以良知为中心的主体性的确立，意味着在道德行动者内心矗立起一个道德自我，同时儒家强调没有空悬的道德主体，道德主体总是在血汗工夫中体现，即要求道德实践者必须在家常伦理中去体会磨炼、自致良知，要顺良知主宰而着人力，道德主体实际上存在和确立于要成为道德主体的不懈努力之中。那么，如何才能实现其德性价值呢？在儒家看来，人生价值的实现可以分为四步：修身、齐家、治国、平天下。战乱之中，作为避难于乡下的一介书生，废名是如何实现其德性价值的呢？

---

① 废名：《一个中国人民读了新民主主义论后欢喜的话》手稿，第 8~9 页。
② 牟宗三：《中国哲学的特质》，上海古籍出版社 1997 年版，第 73 页。

1. 修身：内心自省的德行实践

从"谈笑有鸿儒"的"苦雨斋"，到往来多白丁的黄梅乡村，废名的生活方式发生了根本性的变化，但他敏而好思、内向自省的性情未变，而内心自省正是德性实践的最主要方式。"吾日三省吾身"的德性实践，成为废名在战乱乡村不坠落于生活困顿而坚守精神高度和道德追求的重要方式。

儒家认为人是德性的存在，而不仅仅只是一个自然存在物。因此，人生的目的不仅仅是活着，更在于实现他作为德性的存在，成就君子人格。战乱之中，活着尚且不易，日常生活缺衣少食，跑反途中颠倒衣裳。尽管如此，废名仍然在内心要求自己做一个生活的主动者，"他觉得所有故乡人物除了他一个人而外都是被动的，都只有生活的压迫，没有生活的意义"。他要求自己不能"贪着生活而失掉修行的意义"①。道德生活最具普遍性的道场是生活日用，无论君子小人贤与不肖，皆人伦日用场际中人，君子与小人的分野，抑或德性生活和一般生活的区别，在于人伦日用场中之人，举手投足之际，其内心深处，是否存有一念之仁——合儒家目的的运思在场。把生活看作是一个修行的途径，一个达到自由的途径，时刻提防自己，反省自己，甚至批评自己，这是废名避难期间最主要的心理活动方式，也是他在日常生活中进行道德修养的途径。

废名有言："孔子说'丘也幸，苟有过，人必知之'，除了孔

---

① 废名：《莫须有先生传》，广西师范大学出版社 2003 年版，第 126 页。

子而外，哪里有这样亲切的话呢？除了孔子而外，哪里有这样绝对不错的心情呢？这个心情便是圣人。我错了不要紧，只要道理给人明白了，这是孔子的精神。这是批评精神。"[1] 正是爱好这个精神的缘故，莫须有先生日三省吾身，饮食起居，家常日用，皆是其道德修行的道场。偶有一日，废名贪食芋头，虽属蔬食，殊失"食无求饱"之义，于是便"有终身之忧""一个人跑到松树脚下"反省："君子食无求饱，居无求安，敏于事而慎于言，就有道而正焉"，"我们的生活应该以这句话为标准"，"我们的居与食，我们活着，是为懂得道理的，不可以因活着而违背道理了"[2]。

而对自己"贪说话"的反省更有典型意义。莫须有先生初到龙锡桥，偶遇一妇人兜售牛肉。"乡下哪里有牛肉卖？耕牛是禁止屠宰的罢？"莫须有先生随口发问。此言一出，他随即意识到如此说话是放失了本心——便作了一大篇反省："莫须有先生说这话时，可谓完全无对象，即是他自己也不知道他是向谁说的，只是随口说话罢了。凡属随口说话，便等于贪说话，此话便无说的意义……"[3] 所谓说话"完全无对象"，包括"自己也不知道是向谁说的"，这显示说话人操守弛禁，迷失了自己，亦即在这一顷刻之间，本心放失了。子曰："可与人言不与之言，失人；不可与言而与之言，失言。知者不失人，亦不失言。"（《论语·

---

① 废名：《莫须有先生传》，广西师范大学出版社 2003 年版，第 252 页。

② 废名：《莫须有先生传》，广西师范大学出版社 2003 年版，第 248～249 页。

③ 废名：《莫须有先生传》，广西师范大学出版社 2003 年版，第 137 页。

卫灵公》）失人与失言，往往发生在不经意之间，事后觉察，过失已犯。比较而言，失言是更易犯下的过失，所谓驷不及舌。寻常而言，随便说话算不上了不得的过失，但从儒家道德人格的修养来看，却属放失本心，推而广之，失德失节失贞等也不过是放失本心而已。废名在此反省失言，悚然自惕，收其放心，提升道德，足见其在一饭一蔬、一言一行当中，"求放心之求，养浩然之气"的修行功夫。

在黄梅乡间，没有了学者儒士的诗书唱答，废名便从身边的儿女、妻子、学生以及乡亲身上汲取道德提升的源泉。"为人父，止于慈"，这是废名喜欢的话，因为自己对孩子太严，便特意给女儿取名"止慈"，"当作我自己做父亲的标准"①；他欣赏儿女的赤子童心，钦敬妻子的感恩之心："莫须有先生太太对人生的态度最不肯潦草，凡足以成全她的心情者无论人或物她总以为恩德"，即便一只盂盆，"流离转徙之中，给她很大的方便了，她站在那里向着谁像感激不尽似的"②。"孩子们的试卷，莫须有先生一个一个地看了下去，给了他甚大的修养，想起孔子'学而不厌诲人不倦'以及'有教无类'的话——孔子的这个精神，莫须有先生在故乡教学期间，分外地懂得，众生品类不齐，不厌不倦，正是'不亦悦乎''不亦乐乎'了。"③ 特别是战乱之中，废名观风俗以察民意，于民间礼俗之中感受民族的精神与气魄。孔子重

---

① 废名：《莫须有先生传》，广西师范大学出版社 2003 年版，第 118 页。
② 废名：《莫须有先生传》，广西师范大学出版社 2003 年版，第 155 页。
③ 废名：《莫须有先生传》，广西师范大学出版社 2003 年版，第 185 页。

礼，但礼的意义不在于外在的物质方面，"礼云礼云，玉帛云乎哉？乐云乐云，钟鼓云乎哉"（《论语·阳货》），甚至也不在外在的规范层面。"人而不仁，如礼何？人而不仁，如乐何？"（《论语·八佾》）礼之根本在于其内在精神，如季札在鲁国观礼，由衷感受到盛德。废名于停前看会，亦是在观民情，察民意，感受民间社会的巨大力量。倭寇当前，迎神赛会依然盛大举行，乡人们过节一般，气氛热烈，废名由此而真切体会到了中国百姓坚忍的生存诉求和从容镇定的生存理性。

世事皆学问，何事非天理，废名于生活日用乡风民俗当中，明见本性，完善着自己的道德修养。

2. 齐家：家族生活的意义发现

仅仅"修身"还远远不够，它只是实现人生价值的第一步，要想达到"至善"的境界，下一步必须"齐家"，把自己的家族管理好。齐家治国，就是所谓"亲民"。也就是说，人生价值的实现不是纯粹个人自己的事情，而是与他人、家庭、国家社会相联系的。个人的人生价值，要在对社会理想境界的建构与追求中才能够得到充分实现。换句话说，离开了家国天下，是谈不上人生价值的，废名也恰恰就是在家族生活中获得了对家族意义的理解和肯定。

废名曾经慨叹："莫须有先生这回避寇难犹如归家，一切不用得自己操心，都由三记办好了。"① 的确，在这个乱世，废名

----

① 废名：《莫须有先生传》，广西师范大学出版社2003年版，第332页。

一家人还能够有所栖息，直接受益于家族的帮助。然而，"莫须有先生还是都市上文明人的习惯未除了……除了自己懂得'自由平等'而外没有别的社会道德了"。于是，乡下春节，当几位冯姓本家上门拜年时，莫须有先生深感诧异："我同你们有什么关系呢？你们是社会上的农人，为什么向我拜年呢？"旋即，他"连忙有自己的良心答曰：是的，我同你们有家族关系……我同你们不是路人。'先进于礼乐野人也，后进于礼乐君子也。'还是你们乡下人对，我一向所持的文明态度，君子态度，完全不合乎国情了，本着这个态度讲学问谈政治，只好讲社会改革，只好崇拜西洋人了，但一点没有历史的基础了"①。

　　此番反省，使废名突破了此前囿于生活经验和成见而形成的观念局限，对中国家族生活获得了更亲切的体认，领悟了中国历史的根基所在，也懂得了儒家思想之于乡村中国的现实意义，其胸襟与见识亦随之开阔，他更加由衷地佩服陶渊明："在魏晋风流之下有谁像陶公是真正的儒家呢？""他那样讲究家庭关系，一面劝农，自己居于农人地位，一面敦族，'悠悠我祖，爱自陶唐'，'同源分流，人易世疏，慨然寤叹，念兹厥初'，因为他在伦常当中过日子。""农人生活是真实的生活基础，修身齐家治国平天下都在这里了。"② 于是，从对家族生活的意义反思，废名进而自觉承担起家族中读书人的责任，积极参与到了家族的事务中。

　　莫须有先生做户长一事，便可以见出这种转变。"起初他是

---

① 废名：《莫须有先生传》，广西师范大学出版社2003年版，第297页。
② 废名：《莫须有先生传》，广西师范大学出版社2003年版，第297页。

很想躲避的，本一向都市上文明人的态度，便是'各人自扫门前雪，休管他人瓦上霜'的态度，后来知道中国的国情，毅然决然地自承为户长，乃把一般国民的痛苦都领略着了。"于是，家族中的小孩升学、抽兵、诉讼等，"莫须有先生每每是放心不下，尽心竭力地帮忙一番了"。后来，莫须有先生简直成了绅士，"他慢慢体会到中国社会的秩序，风俗的厚薄，一切责任都在读书人身上"①，他也便主动地尽着家族中读书人的责任。

3. 治国：知识分子的立言报国

废名在《莫须有先生坐飞机以后·开场白》中说："本人向来只谈个人私事，不谈国家大事，今日坐飞机以后乃觉得话不说不明，话总要人说，幸国人勿河汉斯言。……所以这部书大概是莫须有先生坐飞机以后有心写给中国人读的……"此话表明，十年的乡村避难经历使废名已然完成了从一己之私到家国天下，由佛学领悟向儒学修行的生命价值观的转变，"世界原不是虚空的"②，"家国天下是中国人真理的对象"③，这是废名深入民间而获得的由衷感言。

作为一种积极"入世"的哲学，儒家哲学绝不仅仅满足于"独善其身"，儒家价值哲学的终极目的，乃是追求一种"至善"的境界，即要把自己的善性推广开来，及于国家、天下，所谓

① 废名：《莫须有先生传》，广西师范大学出版社2003年版，第223页。
② 废名：《莫须有先生传》，广西师范大学出版社2003年版，第286页。
③ 废名：《一个中国人民读了新民主主义论后欢喜的话》手稿，第46页。

"兼济天下"。"莫须有先生现在正是深入民间，想寻求一个救国之道，哪里还有诗人避世的意思呢？"① 废名"在抗战期间把黄梅县的公私文章拜读遍了"②，目的是要保持"举世皆浊而我独清，举世皆醉而我独醒"的儒家知识分子兼济天下的道德胸襟。从现实当中他发现，"国民党所主持的抗日战争之中，只有农民出粮做了名副其实的抗日工作。我以多年的接触与观察，深深地懂得中国的圣人为什么都主张'无为'政治，原来中国的农民都在那里自己治，只要政府不乱便好了"③，"中国的命脉还存之于其民族精神，即求生存不做奴隶"④，"强敌自恃其现代文明，而他不知他深入中国，陷入泥淖，将无以自拔"⑤。

读书人立言以救国，废名在历经十年避难生活之后，写就《莫须有先生坐飞机以后》这部奇特的书，此书彻底颠覆了他既往的创作理念和写作风格，以人伦之常写家国天下，以家长里短申救国之道，在乡村野夫身上发掘民族大义，于穷乡僻壤之间畅想尧舜禹汤。和镜花水月的《桥》不同，《莫须有先生坐飞机以后》没有了虚无缥缈的桃源梦想，与禅和子语录的《莫须有先生传》也不同，"《莫须有先生传》可以说是小说，等于莫须有先生做了一场梦，《莫须有先生坐飞机以后》完全是事实，其中五伦俱全"⑥，它是写给所有中国人读的，拳拳救国之心，切切报国之

① 废名：《莫须有先生传》，广西师范大学出版社 2003 年版，第 209 页。
② 废名：《莫须有先生传》，广西师范大学出版社 2003 年版，第 189 页。
③ 废名：《一个中国人民读了新民主主义论后欢喜的话》手稿，第 6~7 页。
④ 废名：《莫须有先生传》，广西师范大学出版社 2003 年版，第 183 页。
⑤ 废名：《莫须有先生传》，广西师范大学出版社 2003 年版，第 206 页。
⑥ 废名：《莫须有先生传》，广西师范大学出版社 2003 年版，第 114 页。

志，尽在其文字书卷之间，平白直叙，袒露无遗。

自此，废名可以说在儒家文化中安身立命了。战争结束，废名重返北大之后，主讲的课程之一是杜甫研究，并写作发表了大量阐发儒家原典的论文，他甚至在《一个中国人民读了新民主主义论后欢喜的话》中对共产党人直言相告：

> 不要因为后代的读书人而轻视孔子，请共产党不要因为科学方法的切实而忘记民族精神的切实。我们还要好好地讲孔子，但决不是一般所谓读经……我常想在北京大学讲四书，但不敢开这个功课，因为在胡适之学派之下，你要说四书是不能登大雅之堂的……此事最令我伤心，我知道宋儒编的书是中国第一部光荣的书，中华民族精神都在四书里头，如果要我早晨把我的四书讲义编完，晚上死了是可以的，算是尽了我的精忠报国的心愿。①

从象牙塔里追求精致生活的儒雅之士，到杂渔樵耕夫以外过着家族生活的乡村教员，从笃信佛教，参禅悟道，以求得个人功德圆满的大乘佛教徒，到心怀天下，著书立说，力图探寻救国之路的现代知识分子，在黄梅乡间，由儒家思想所引领，废名最终完成了由佛而儒的生命价值重塑。

---

① 废名：《一个中国人民读了新民主主义论后欢喜的话》手稿，第84～85页。

三、儒家宗教：民族精神的解读与弘扬

儒学的宗教性问题是近现代中国儒学研究的热点问题，自 17 世纪以来有过三次较大规模的讨论。第一次是 17～18 世纪的"中国礼仪之争"，讨论的实质是儒家经典里的"天"是否蕴含有欧洲"Deus"的宗教含义。第二次讨论从 19 世纪末叶到 20 世纪上半叶，以梁漱溟为代表的知识分子，以"护持中国文化精神"的心结，强调"儒家是礼教"（因而非宗教）、"中国无宗教"；另一位儒学大师贺麟则在 20 世纪 40 年代发表长文《儒家思想的新开展》，强调"礼教"即"宗教"，儒学不仅仅是哲学，也是美学和宗教，是一门集哲学（理学）、美学（诗教）和宗教（礼教）于一身的大学问，强调对儒学宗教层面的研究对于克服儒学研究的"浅薄化"和"孤隘化"的重大意义。第三次讨论从 20 世纪 50 年代开始，当代新儒家的代表人物面对西方科学主义东渐，基于"与西方抗衡"的心结，发掘、诠释儒学中所内蕴的宗教精神。1958 年唐君毅、牟宗三、徐复观、张君劢的元旦宣言《中国文化与世界》，标志着当代新儒家对儒学的宗教性问题形成初步"共识"。

儒学宗教性问题在中国近现代历史上之所以屡有论争，主要因为近代以来，西方思辨哲学或一元宗教常被当作评释东方儒家思想的唯一参照。20 世纪初，知识精英出于救亡图存、强国富民

的目的，全盘接收西方启蒙理性，并使之成为 20 世纪中国的强势意识形态，这就包括了对宗教的贬斥、人类中心主义、科学至上，乃至以平面化的科学、民主的尺度去衡量前现代文明中无比丰富的宗教、神话、艺术、哲学、民俗，等等。唯科学主义盛行的结果是，"宗教"在中国几成贬义，蔡元培"以美育代宗教"，胡适以进化论、生存竞争学说的信仰代宗教。当代新儒家的第一代人物梁漱溟、熊十力等，虽承认宗教，特别是佛法有较高价值，但也受到唯科学主义影响，熊氏曾力辩儒学不是宗教，严格划清儒学与宗教、儒学与佛学的界限，批评佛教反科学，强调儒学中包含有科学、民主等。这显然是从西方文化出发的问题意识。① 为此，被熊十力引入佛门的废名，站在中国传统文化一边，以坚定的现代人文主义立场，与堪称其师的熊十力在 20 世纪 30 年代末发生激烈论争。这场论争力量之悬殊显而易见——其时，熊氏是摄佛入儒的大哲学家，废名则是避难乡下的小学教员；熊十力的《新唯识论》文言版、语体本相继出版，废名的《阿赖耶识论》在乡下的一间牛棚里起笔，写成之后半个世纪无人问津。论争双方的悬殊地位，恰如其所代表的社会思潮——从西方文化出发的唯科学主义思潮与以中国传统文化为本的现代人文主义思想。尽管力不能敌，但持守人文主义立场的废名仍然坚持与之抗衡，他努力彰显被西方启蒙理性所遮蔽的问题的另一个方面：中国固然需要西方的科学民主，但西学并不能解决中国的一切问题。科学

---

① 郭齐勇：《儒学：入世的人文的又具有宗教性品格的精神形态》，《文史哲》1998 年第 3 期。

有科学的范围，宗教有宗教的领域，"不要因为科学方法的切实而忘记民族精神的切实"①。在唯科学主义的强势氛围中，废名甚至矫枉过正地提出："不要说什么迎头赶上科学，只要民族自信，科学并不要赶上，只求及格。"② 而民族自信的基础是什么呢？"这个便要根基深厚，不要以为一切都是从外国学来的。这件事本来是踏破铁鞋无觅处，得来全不费工夫，即中华民族精神——可以民信之矣。"③ 虔诚于佛教的修行证悟和黄梅乡间的避难经历，让废名对中华民族的精神特质有了独到的认识和深刻的理解。他认为作为经国济世之学问，儒学在中国的历史发展中有着无与伦比的根性力量；同时作为一种特殊的人生智慧，儒学又是生命的学问，它和中国人的精神生存有着天然的亲和力，堪称是中国人的宗教。"中国文化所表现的真理是治国平天下的宗教，而代表中国文化的是儒家。"④ 因此，对儒学宗教性的大力阐发，是废名儒学思想中用力甚重的一笔。

废名的论证主要从以下几方面展开：

1. 畏天命：儒家宗教的超越之境

所谓宗教或宗教性有两层含义：一是信仰者对最高本体的敬仰和尊崇，一是人同最高本体合一的意向。儒学是不是宗教或是否具有宗教性，其考量标准亦无非在此——首当其冲的问题便是，

---

① 废名：《一个中国人民读了新民主主义论后欢喜的话》手稿，第84~85页。
② 废名：《一个中国人民读了新民主主义论后欢喜的话》手稿，第33页。
③ 废名：《一个中国人民读了新民主主义论后欢喜的话》手稿，第36页。
④ 废名：《一个中国人民读了新民主主义论后欢喜的话》手稿，第39~41页。

儒学是否拥有一个要求人们对其保持虔诚信仰和无限敬畏的最高本体？

梁漱溟先生曾说："儒学不信鬼神、不讲来世，所以不是宗教。"这也正是许多人否认儒学宗教性的基本出发点。而废名则认为："孔子不说鬼神不是事实，敬而远之而已。"① "孔子曰，未知生焉知死，未能事人焉能事鬼，这是孔子的宗教，即是救现世的宗教。"② "孔子的不知是真不知，因之孔子也就是知，他知有死不知其详罢了……中国是救现世的宗教，对于死自然是不求甚解。"③ 也就是说，废名认为，从孔子反对流俗宗教向鬼神祈福的态度中，并不能顺理成章地推出儒学非宗教的必然结论。事实上，不止在孔子的许多誓言如"天丧予"当中保留了传统人格神信仰的遗迹，而且孔子对超越的天始终存有极高的敬畏。废名说："孔子以'天命'一词包括一切。朱子注'天命'曰：'天命即天道之流行而赋于物者，乃事物所以当然之故也。'《中庸注》有云：'天下之物皆实理之所为。'这些话都切切实实，直截了当，令我赞叹不已。"④ 废名坚信："儒是知天命的。天命不是空空洞洞的一个概念，天命是同世间的现象一样具体。中国从二帝三王以至于孔子，其实都是宗教家，因为儒本来是宗教，其中心事实便是'天'。孔子曰，不怨天，不尤人，下学而上达。知我者，

---

① 废名：《一个中国人民读了新民主主义论后欢喜的话》手稿，第66页。
② 废名：《阿赖耶识论》，辽宁教育出版社2000年版，第68页。
③ 废名：《一个中国人民读了新民主主义论后欢喜的话》手稿，第76~77页。
④ 废名：《阿赖耶识论》，辽宁教育出版社2000年版，第29~30页。

其天乎？这里的'天'字都不是一个想象之辞。"① 那么，"这个现世主义的宗教所说的'天'是什么？我总括一句话，儒家所指的天是真理，在宋儒的口中谓之'实理'，所以朱子说，'天下之物，皆实理之所为'。……朱子注天命的'命'字说，'命犹令也'。同军队里的命令一样，世界是多么庄严，是多么神圣，因为世界是真理的命令"②。

因此，所谓儒学的宗教性不是别的，正是儒家所强调的对最高本体"天"的宗教式的肃穆态度和敬畏情感。而对此超越境界的认识与思考，废名认为在儒家传统的起始便已存在。"尧舜禹汤文武周公，算不算得儒家呢？他们口中是不是动不动就说一个'天'字呢？"③ 孔子讲"知天命"，孟子讲"尽心""知性""知天"和"事天"，张载讲"同胞物与"，程颢讲"一体之仁"，朱熹讲"灭人欲"而"存天理"，王阳明讲"致良知"和"无善无恶是心之体"，所体现的都是儒学的宗教性。只不过在废名看来，"孟子的'天'是孟子的人格，是孟子的怀抱，孟子并不能如孔子'上达'……阳明则完全是人事，较孟子的'事天'尚隔一步"④。因此，"中国的学问'在止于至善'。然而惟孔子是真能'默而识之'，是真能'知之为知之，不知为不知'，于是惟孔子真是知止矣"⑤。废名对孔子之于"天命""默而识之"的观点与

---

① 废名：《阿赖耶识论》，辽宁教育出版社 2000 年版，第 60 页。
② 废名：《一个中国人民读了新民主主义论后欢喜的话》手稿，第 39～41 页。
③ 废名：《一个中国人民读了新民主主义论后欢喜的话》手稿，第 39～41 页。
④ 废名：《阿赖耶识论》，辽宁教育出版社 2000 年版，第 60 页。
⑤ 废名：《阿赖耶识论》，辽宁教育出版社 2000 年版，第 28～29 页。

第三代新儒家代表人物刘述先的看法不谋而合。刘述先曾说："孔子一生对天敬畏，保持了天的超越的性格。故我们不能不把天看作无时无刻不以默运的方式在宇宙之中不断创生的精神力量，也正是一切存在的价值的终极根源。"① 废名认为，正是儒家宗教中的这一终极存有示现一切，如朱熹在《大学章句序》中所说："盖自天降生民，则既莫不与之以仁义礼智之性矣。然其气质之禀或不能齐，是以不能皆有以知其性之所有而全之也。一有聪明睿智能尽其性者出于其间，则天必命之以为亿兆之君师，使之治而教之，以复其性。此伏羲、神农、黄帝、尧、舜，所以继天立极，而司徒之职、典乐之官所由设也。"② 人性，是天与的；君师，是天命的；伏羲至尧、舜，是继天立极的；司徒之职、典乐之官，也是天命的。而孔子就是"聪明睿智能尽其性"而出类拔萃于众人之间者，他的为至圣先师，也是天之所命。他的行教化于世，乃是遂行天"使之治而教之"的使命。故废名曰："孔子是宗教家。"，"宗教家都是以出世主义救世的，只有孔子是现世主义救世。凡属宗教从世俗的眼光看都是近乎迷信的，故孔子亦有'凤鸟不至河不出图'的话。实在是理智的至极，世界本是示现，不是生化。"③

在《一个中国人民读了新民主主义论后欢喜的话》中，废名再次重申，儒教是中国人历史传承的宗教，深入民心，不可改变。

① 刘述先：《论孔子思想中隐涵的"天人合一"一贯之道——一个当代新儒学的阐释》，《中国文哲研究集刊》，第 10 期，1997 年 3 月，第 7 页。
② 朱熹：《四书章句集注》，中华书局 1983 年版，第 1 页。
③ 废名：《阿赖耶识论》，辽宁教育出版社 2000 年版，第 55 页。

就中国国民说，你们到乡村里去看，乡村里的农人是不是信"天"？是不是重祭祀？……不是中国圣人把这个现世主义的宗教给中国人的，是中国民族表现这个现世主义的宗教，而圣人为其代表。①

2. 尽人事：儒家宗教的现世伦理

作为一个具有浓厚宗教情感的学者，废名在发掘儒学的宗教意蕴时，时常进行儒佛对比，对比的结果是："儒家辟佛是很可笑的，他自己是差之毫厘，乃笑人谬以千里。"② 废名认为儒佛不同仅在一字之差，佛教出世，儒教入世，就终极之境而言，儒教的"天"与佛教的"涅槃"之境相类似，二者的不同只在于达成的路径，儒教不走否定现实人生之路，而是走道德实践之路，把宗教的意义转入现世的生命之中，因此，废名反复强调儒教是救现世的宗教，重视儒学在凡俗世界中体现的神圣特点。

废名认为，孔子从未怀疑过超越的天的存在，也从未把人事隔绝于天。但孔子强调天道之默运，实现天道有赖于人的努力，人事与天道不可分离。儒学宗教性的特点正是在现实的、凡俗的世界里体现价值。由孝亲而敬长，由齐家而治国而平天下，人在具体的人伦关系上，在现实的家国天下之道德实践中，透显出本

---

① 废名：《一个中国人民读了新民主主义论欢喜的话》手稿，第40页。
② 废名：《阿赖耶识论》，辽宁教育出版社2000年版，第2页。

心本性的超越性。所以人无论智愚皆可在儒家经典中韬光养晦，出凡入圣，成就君子人格。儒家的成圣之道是人经由自己的努力而臻于至善的。于是，儒学之所以为教的另一个条件也就生成了，即它与其他宗教一样，为民众开辟了"精神生活的途径"。儒学可以指导人生，成就人格，调节个人内心世界，为民众提供精神归宿。在废名眼里，这样的精神憩园在中国的农村社会亦是儒佛互补的。"在农村社会里，除了庙，简直没有精神集中的地方了。中国农民，因为是现世主义的宗教，佛教不会教给他们出世的，一般农民决不想做和尚的。和尚，以及和尚所住的庙，每每给农民一种精神的休息了。农民自己不做和尚，却是非常与佛教亲爱的。中国农民所喜欢的两件事情，一是孝弟，一是'菩萨'。"①

此外，传统儒学对知识分子人生安立的作用更是众所熟知的。儒者的生命与理想、信念融成一体，其人文理想和价值世界与对天、天命、天道的敬畏信仰，密不可分。儒家道德、伦理及儒者生活中间有深刻的终极根据，其"杀身成仁""舍生取义"的神圣感与使命感，特别是信仰上的终极承担，与宗教徒无异。但儒者又生活在伦常之中，不离日用常行，在凡庸中体验生命，体悟天道，达到高明之境。儒学是入世的、人文的，又具有宗教性的品格。它涵有终极关怀，但又是世俗伦理。废名对儒学的这一理解，使他认定儒学的宗教意蕴对中国人的精神生存有着无可替代的意义。

---

① 废名：《一个中国人民读了新民主主义论后欢喜的话》手稿，第86～88页。

3. 天人合一：儒家宗教的至高境界

　　儒学的宗教性除了对最高本体"天"的宗教式的肃穆态度和敬畏情感，还有儒者同最高本体结合的宗教式企盼。儒学要求人们"知天""事天""同天"，实现所谓"一体之仁"，这是儒学宗教性不容否认的事实。废名认为在天道与人道的关系中，天道仍居首位，人要努力在人道中体现天道，而祭天礼仪和祭祀活动，其内涵深处便是儒学宗教性的深刻体现。

　　废名十分注重孔子对祭祀的虔诚态度，重视发掘儒家祭祀的宗教意义与宗教价值。废名的小说不仅偏爱"月逐坟圆"的千古之思，更有大量祭祀礼俗的摹写，这已不是理论或道德的指引，而是其宗教情怀的直接舒展。祭祀礼俗与宗教礼仪一样具有象征意义，祭祀对象作为超现实的存在，祭祀者的诉求乃是以自己精神生命的延展达于超现实的已逝去的祖宗圣贤及整个天地，而顺承祖圣先贤及天地之德。在此礼俗与仪式当中，人超越了本能的惯常的生活，报始返本，在精神上回归祖宗、圣贤、天地，实现心灵对现实的超越。因此，废名"引孔子赞美禹的话，子曰：'禹，吾无间然矣。菲饮食而致孝乎鬼神，恶衣服而致美乎黻冕，卑宫室而书力沟洫。禹，吾无间然矣。'孔子这样赞禹，而我们一想，这所赞美正是中国的农人，中国的农人都是如此。他们平日不吃肉，但拿酒肉来做祭祀，穿衣服最不讲究，但家里有吉庆事或丧事，或过年拜客，要穿得整整齐齐的，房子当然都是卑陋的，关于田里的沟则治得很干净，大禹圣人不过做代表而已"①。
废名认为儒家对天地、祖宗与圣贤的祭祀涵有宗教性，同时又将
宗教仪式转化为日常生活之礼乐，宗教仪式的神秘与神圣尽在中
国人的生活日常当中，无论圣贤与百姓，不管远古与当下。究其
实，正在于"中国的农民，四千年后的今日，不是同尧舜禹汤文
武周公孔子信的是一个宗教吗？这个宗教我称之曰现世主义的宗
教，因为别个民族的宗教都是未来世或者出世主义的宗教"。"中
国人的家族观念之深当然是从这个宗教来的。并不是圣人教给大
家的，因为大家都是中华民族，都是信奉这个宗教的。"② 父慈子
孝、兄友弟恭，是天理合当如此的。十年乡下避难的经历，让
废名对儒学宗教性的社会基础有了深刻认同，传统社会伦常是
郑重而严肃的，背后有着永恒意义和道德价值，有天理为据。
因此废名由衷赞叹："大哉孔子，……他是要救现世的。在我懂
得中国农民之后……我由孔子而更了解到二帝三王上面去了，原
来中国农民个个是禹稷。"③

　　总之，废名认为儒学的宗教精神植根于对天的信仰，对天命、
天道、天性虔敬至诚，说人不离天，说道不离性。儒家宗教没有
此岸与彼岸的划分，而认为人之善是天赋之性，人能尽此性之善，
即可超凡入圣，这就是性道合一、人天合一。儒家传统之"天人
合一"包含着"天"的神秘性、宗教性和人对"天"的虔敬以及

①　废名：《一个中国人民读了新民主主义论后欢喜的话》手稿，第27~28页。
②　废名：《一个中国人民读了新民主主义论后欢喜的话》手稿，第40页。
③　废名：《一个中国人民读了新民主主义论后欢喜的话》手稿，第79~80页。

人对"道"的体悟。

　　对废名来说，发掘儒学的宗教价值也是基于与西方文化之唯科学主义相抗衡和护持中国文化精神的心结。他在 20 世纪 40 年代末撰写的《一个中国人民读了新民主主义论后欢喜的话》中反复强调，"要懂得人心。万不要随便说破除迷信"，"基督教向来是不与科学冲突的，科学发达的国家正是信基督教的国家了，欧洲的现代医生每每一身兼做古代教士了。同样，中国农村里的庙是乡镇公共办事处，空气非常之调和了"，"兼容并包"①。在废名的现代人文主义的视域中，宗教与科学是彼此互补的，而儒家宗教的深层意蕴恰恰是中华民族文化精神的重要构成。

---

　　① 废名:《一个中国人民读了新民主主义论后欢喜的话》手稿，第 87~88 页。

第四章

亦佛亦儒：废名的美学追寻

与其游走于儒佛之间的思想理路相一致，废名的美学思想也是在佛教美学与儒家美学之间游弋，最终落脚于儒。30 年代是废名文学创作和美学思想的高峰，悟得"人生如梦"的废名，在理论和创作上全面诠释了其佛教美学观。40 年代，废名的美学思想随着其儒学转向而折入儒家美学，避战乱于黄梅的废名，站在乡村中国的现实土地上，对儒家美学思想之"观风俗之盛衰""考见得失"做出了自己的应答。

一、人生如梦：废名的佛教美学观

30 年代末之前，废名的美学思想与其佛学思想密切相联，表现出浓厚的佛教美学特征。过去由于人们将废名的佛学思想简单地归结为禅宗，其美学思想也被简单化地概括为禅宗美学，这一论断看似将废名的美学思想放置于中国传统美学的范畴当中，其实则完全曲解了废名美学思想的独特内涵。禅宗的美学意蕴经由中国历代文人的塑造，已然形成了独立的美学传统，废名固然没有彻底游离于这一传统之外，但也并非完全置身其中。正如前文所述，废名的佛学思想并非禅宗一路，其美学思想亦非禅宗美学可以概括。《阿赖耶识论》是废名佛学思想的集中阐释，也是废名佛教美学思想的根基所在。《阿赖耶识论》的主旨如其题目所示，是对"阿赖耶识"的深入解读，"阿赖耶识"作为佛教唯识学的核心概念，废名在解读中无疑传达了他本人对客观世界的基本认识和对审美存在的基本看法。正是由于笃信三界所有、唯心所作、离心无境的唯识学思想，废名证信《华严经》所言"三界虚妄，但是一心作，十二缘分，是皆依心"的佛教认识论，悟得事相皆乃依心而存，离心而有的外在境界，皆是虚妄心识的幻现，绝无客观存在的独立性。因此，废名美学思想的核心，用他自己的话说便是，"悟得合内外之道，悟得人生如梦"①。

在《莫须有先生坐飞机以后》中，废名这样解释他的"人生如梦"观。他说，人生如梦，"不是说人生如梦一样是假的，是说人生如梦一样是真的，正如深山回响同你亲口说话的声音一样是物理学的真实。镜花水月你以为是假的，其实镜花水月同你拿来有功用的火一样是光学上的焦点，为什么是假的呢？你认为火是真的，故镜花水月是真的"②。

此之亦真亦幻之"人生如梦观"，是废名美学思想的终极表

---

① 废名：《阿赖耶识论》，辽宁教育出版社 2000 年版，第 52 页。
② 废名：《莫须有先生传》，广西师范大学出版社 2003 年版，第 181 页。

达，但却不是废名美学历程的全面描述，也就是说，"人生如梦"的美学观在废名的美学思想发展中并非一步到位，其间经历了大约三个历史时期。第一个阶段是对"梦"之幻美的迷恋，这是废名"梦"的美学的起步阶段。这一时期，北大外文系出身的废名，深受波德莱尔、莎士比亚以及著名的文学史家乔治·勃兰兑斯的影响，对"梦"和艺术创作之间的关系发生了浓厚兴趣，他在反省自己初登文坛的小说《竹林的故事》的写作状态时，第一次提出了文学艺术不是现实生活的复写，乃是作者内心的一个"梦"的观点。他认为正是"梦"的朦胧与幻美，成就了艺术对于现实的超越。第二个阶段是在 20 世纪 20 年代末到 30 年代初，这是废名的诗歌创作的鼎盛期。伴随诗歌创作的深入，废名对"梦"的美学思考更进了一步。他意识到"梦"的幻美产生于"梦"的自觉，即艺术之美是诗人对"梦"即想象和联想的自觉刻画，这种自觉的"画梦"观，在废名极力推崇古代诗人李商隐的创作中得到了充分证验。自此，"我是梦中传彩笔"的李商隐，让废名从西方"梦"的美学出发，找到了回归到中国传统"梦"的美学的路径。

如果没有遇到大乘佛教之唯识学，废名对"梦"的美学的思考至此可以画上一个圆满的句号。事实上，很多对废名美学思想的探讨也正是到此为止——废名在古典中发现了现代，在中国传统诗学中重现了西方现代美学。但是，废名终究是一个异数，他对"梦"的追索并未就此止步。1937 年是废名思想和人生的一个重要界碑，这一年，读了七年佛书的废名豁然开悟，在以阿赖耶识为中心的唯识学思想导引下，废名进入了"人生如梦"的佛法境界，其美学思想与其人生哲学合二为一，彼此贯通，终成正果。由于佛法的证悟理则并不为科学的逻辑思维所认同，废名的"梦"的美学最终演化为世俗世界难以解析、艺术世界魅力独具、佛法世界境界独立的"人生如梦"的美学观。

在这个复杂的追梦历程中，废名梦的美学思想是如何渐次清晰、步步深化的呢？

（一）"梦"的美学历程

在废名 20 年代的文学创作中，周作人以包写序言的方式潜移默化地引导着他最得意的学生，周作人称废名"实在是知道我的意思之一人"①，自然周作人也是最懂得废名的一个人。在《竹林的故事》序言中，周作人说："文学不是实录，乃是一个梦。"②这正是废名"梦"的美学观的初萌，由此开始，废名关于梦的美学大致经历了三个发展时期。

1. 梦之幻美——波德莱尔的启示

1925 年，废名的第一部短篇小说集《竹林的故事》出版，在书末他引用了亲自翻译的波德莱尔散文诗《窗》中的一段文字："一个人穿过开着的窗而看，决不如那对着闭着的窗的看出来的

① 废名：《论新诗及其他》，辽宁教育出版社 1998 年版，第 148 页。
② 废名：《竹林的故事》，广西师范大学出版社 2003 年版，第 3 页。

东西那么多。世间上更无物为深邃，为神秘，为丰富，为阴暗，为眩动，较之一枝烛光所照的窗了。我们在日光下所能见到的一切，永不及那窗玻璃后见到的有趣。在那幽或明的洞隙之中，生命活着，梦着，折难着。"①　废名说："波特来尔题作《窗户》的那首诗，厨川白村拿来作鉴赏的解释，我却以为是我创作时的最好的说明了。"②　这个"最好的说明"昭示了废名怎样的创作心态呢？钱锺书一篇同题散文给出了很好的注释，钱锺书在散文《窗户》中说："关窗的作用等于闭眼。天地间有许多景象是要闭了眼才看得见的，譬如梦。假使窗外的人声物态太嘈杂了，关了窗好让灵魂自由地去探胜，安静地默想。有时，关窗和闭眼也有连带关系，你觉得窗外的世界不过尔尔，并不能给予你什么满足，你想回到故乡，你要看见跟你分离的亲友，你只有睡觉，闭了眼向梦里寻去，于是你起来先关了窗。"③　关窗即是闭眼，闭眼是为了寻梦，废名曾强调："我是一个贪看颜色的人，所以我成了一个盲人。"④　正是为了看到更绚丽的色彩，探访更幻美的梦乡，废名选择了关窗——闭眼。这种贪恋梦幻之美的审美追寻，其实是一种向内心深处寻梦的创作努力，它使废名看到了一片与众不同的艺术天空，也成就了一个不与时代为伍的另类作家——"他追求一种超脱的意境，意境的本身，一种交织在文字上的思维者的

---

①　废名：《废名诗集》，新视野图书出版公司 2007 年版，第 144 页。
②　废名：《〈竹林的故事〉赘语》，《语丝》1925 年 2 月 16 日第 14 期。
③　钱锺书：《写在人生边上》，生活·读书·新知三联书店 2003 年版，第 104 页。
④　废名：《废名诗集》，新视野图书出版公司 2007 年版，第 68 页。

美化的境界，而不是美丽自身"①。作为乃师的周作人，在废名梦的美学观初萌时期，及时而中肯地给予了声援和引导。他说："梦并不是醒生活的复写，然而离开了醒生活梦也就没有了材料，无论所做的是反应的或是满意的梦。"② 在《竹林的故事》的序与跋中，这对师生彼此呼应，将梦和艺术创作之间的关系，用波德莱尔的诗歌和废名本人的创作进行了独到的阐释。这种阐释至少让我们看到，废名梦的美学观与波德莱尔《窗》的深幽意境之间具有相当深刻的契合度。

1927 年 5 月，废名在《语丝》上发表《说梦》一文，对其梦的美学观做了进一步阐述。他说："创作的时候应该是'反刍'。这样才能成为一个梦。是梦，所以与当初的实生活隔了模糊的界。艺术的成功也就在这里。亚里士多德说：艺术须得常有保持'a continual slight novelty'。西蒙士（A. Symons）解释这话道：'Art should never astonish.' 这样的实例，最好是求之于莎士比亚。莎士比亚的戏剧多包含可怖的事实，然而我们读着只觉得他是诗。这正因为他是一个梦。"③ 显然，无论是对"反刍"的过程强调还是对"窗"的作用的体悟，废名在此努力寻求的是艺术对原始生活的超越。他坚信艺术之美正产生于这一超越过程——梦远离了外在现实，因而也更接近了内在真实。在其后来的长篇小说《桥》中，废名曾借主人公程小林之口说："我常常观察我的思

---

① 李健吾：《〈边城〉——沈从文先生作》，《咀华集·咀华二集》，复旦大学出版社 2005 年版，第 26 页。
② 废名：《竹林的故事》，广西师范大学出版社 2003 年版，第 3 页。
③ 止庵：《废名文集》，东方出版社 2000 年版，第 55 页。

想，可以说同画几何差不多，一点也不能含糊。"我"感到梦的真实与美"①。这种观梦者的内省的独特视野，为废名洞开了一个神奇而又深邃的艺术空间。他认为，艺术家并不一定要亲历人生的各路角色，却可以用他的生花梦笔描画出各色人物。这些人物不是现实生活的简单复制，而是艺术家神奇美妙的想象和幻想，艺术形象正成长生活于艺术家的"梦"中，艺术家的"梦"要比现实具有更高的真实性。

> 我从前听得教师们说："莎士比亚，仿佛他经过了各种各样的职业，从国王一直到'小丑'，写什么像什么。"我不免有点不懂，就决心到莎士比亚的宫殿里去试探。现在我试探出来了，古往今来，决不容有那样为我所不解的似是而非的说法！
>
> 偶见西蒙士引别人的话评论巴尔扎克，有云："……巴尔扎克著作中的人物，那怕就是一个厨役，都有一种天才。每个心都是一篇枪，装满了意志。这正是巴尔扎克自己。外面世界的一切呈现于巴尔扎克的心之眼，是在一种过分的形象之下，俱有一种有力的表现，所以他给了他的人物一种拘挛似的动作；他加深了他们的阴影，增强了他们的光。"这个我以为可以施之于任何作家。②

---

① 废名：《竹林的故事》，广西师范大学出版社 2003 年版，第 308 页。
② 止庵：《废名文集》，东方出版社 2000 年版，第 57 页。

这种"巴尔扎克著作中的人物正是巴尔扎克自己"的说法，是否适合于任何作家，我们姑且不论，废名本人的创作确乎是用自己的笔画自己的"梦"的。在众多的评论家中，吴小如慧眼如炬，他对《桥》的评价可谓最知废名先生也。他说："废名先生不能成为一个循规蹈矩的小说家，因为他在心理原型上是一个极端的内倾者。小说家须得把眼睛朝外看，而废名的眼睛却老是朝里看；小说家须把自我沉没到人物性格里面去，让作者过人物的生活，而废名的人物却都沉没到作者的自我里面，处处都是过作者的生活。小林、琴子、细竹三个主要人物都没有明显的个性，他们都是参禅悟道的废名先生。"① 这也正是废名"梦"的美学的实践结果。

其实，废名的关于梦的美学观在当时并非空穴来风，而是有所针对的。当时，人们在艺术与生活、艺术与现实的关系问题上，普遍持有艺术是现实生活的复写这一幼稚观点，因而，直白浅易的文本是率直的作者与直率的读者最佳的选择。而废名梦的美学观则清楚表明，艺术创作既不是对主观现实的记录也不是对客观现实的复写，相反，正如波德莱尔曾所暗示的那样，艺术是梦的实录。废名自己的创作体验印证了这一点，他说："著作者当他动笔的时候，是不能料想到他将成功一个什么。字与字，句与句，互相生长，有如梦之不可捉摸。然而一个人只能做他自己的梦，所以虽是无心，而是有因。结果，我们面着他，不免是梦梦。但

---

① 吴小如：《桥》，《文学杂志》1937 年 7 月 1 日第 1 卷第 3 期。

依然是真实。"① 这梦一般的真实对读者而言不可避免是朦胧的、隐喻的，甚至是晦涩的，但在本质上也更是艺术的。

正是由于无论在理论上还是实践中，废名都坚守他的梦的美学观，由此开创了一片迥异于当时主流创作倾向的文学天地。在绝大多数作家都睁大眼睛看世界的时候，废名却关窗独坐，"对现实闭起眼睛，而在幻想里构造一个乌托邦"②。在这个"乌托邦"的梦境里，"废名君小说里的人物……不是著者所见闻的实人世的，而是所梦想的幻景的写象……那样慈爱地写出来，仍然充满人情，却几乎有点神光了"③。

2. 彩笔画梦——李商隐的传承

在《说梦》一文完成之后的 1930 年，废名写作了一篇《随笔》，其中关于梦的概念有了更加明确的说法：

> 再往高处说，下笔总能保持得一个距离，即是说一个自觉（Consciousness）……我羡慕一种小说，"常因自然而不益生"，我所谓的"自觉"，或者就可以这样解法。古今来不少伟大天才，似乎还很少有这样一个，他们都是"诗人"，一生都在那里做梦给我们看，却不是"画梦"，画梦则明知而故犯也。④

① 废名：《说梦》，《语丝》1927 年 5 月 28 日第 133 期。
② 灌婴：《桥》，《新月》1932 年 11 月 1 日第 4 卷第 5 期。
③ 废名：《莫须有先生传》，广西师范大学出版社 2003 年版，第 403 页。
④ 止庵：《废名文集》，东方出版社 2000 年版，第 106～107 页。

明知故犯即有意为之，如此自觉地"画梦"，这在废名看来十分重要。且看废名如何画梦——他在《桥》中写道：

> 看她睡得十分安静，而他又忽然动了一个诗思，转身又来执笔了。他微笑着想画一幅画，等细竹醒来给她看，她能够猜得出他画的什么不能。此画应是一个梦，画得这个梦之美，又是一个梦之空白。他笑视着那个笔端，想到古人梦中的彩笔。又想到笑容可掬的那个掬字，若身在海岸，不可测其深，然而深亦可掬。又想到夜，夜亦可画，正是他所最爱的颜色。此梦何从着笔，那里头的光线首先就不可捉摸。

——《桥·窗》

梦如海，深不可测；梦在夜，是何颜色？梦给了诗人太多的诱惑与遐思，"此梦何从着笔"？废名给出了问题，也给出了答案。首先，废名说，"画梦"不是把"枕边之物移在纸上"，那样"实在写实得很"，真正"画梦"的文章"其实都是睁开眼睛做的"①。这无疑是指艺术家的"白日梦"——想象和幻想，废名在肯定温庭筠的创作时反复强调这一点。

> 温庭筠的词不能说是情生文文生情的，他是整个想象……请大家注意，作者是幻想，他是画他的幻想，并不是

---

① 止庵：《废名文集》，东方出版社 2000 年版，第 162 页。

抒情，……"视觉的盛宴"这一个评语，我倒想借来说温庭
筠的词，因为他的美人芳草都是他自己的幻觉，因为这里是
幻觉，这里乃有一点为中国文人万不能及的地方，我的意思
说出来可以用"贞操"二字。……温庭筠的词都是写美人，
却没有那些讨人厌的字句，够得上一个"美"字，原因便因
为他是幻觉，不是作者抒情。①

　　废名在此特别强调温诗是一个"完整的"或"完全的"想
象，艺术作品的生命诞生于诗人的想象与幻想中。同时废名还特
别强调作为真正的诗人，他在驰骋想象的同时又要能约控手中的
彩笔，画出他的幻想，将"视觉的盛宴"呈现于读者眼前，这是
一个艺术家的杰出才能的显现。废名认为，只有那些最伟大的艺
术家才拿得起梦中的一支"彩笔"，将奇妙的幻想落在瑰丽的画
卷之上。这种艺术的自觉使艺术家如同"画梦人"，对"梦"的
生长、延伸和壮大，进行着有意识的、匠心独运的控制和刻画。
在古代中国文学中，有意识地、不厌倦地制作着他们的梦画的是
温庭筠和李商隐。

　　废名认为，对于作者和读者来说，一首诗就是一个梦，而这
个梦，就是"自觉"充当了一种活跃的约控机制之后的产物。更
具体地说，"梦"不是诗人心底欲念的表达，不是情绪的涌流
——"不是作者抒情"，而是"身外之物"②。此之"身外之物"，

---

① 废名：《论新诗及其他》，辽宁教育出版社1998年版，第25～26页
② 废名：《论新诗及其他》，辽宁教育出版社1998年版，第28页

就是波德莱尔所说的，一种智力的、意志的力量，这种自觉的力量使"梦"归之于"画"。波德莱尔说，梦对诗人而言，"并不是入睡并且等待，看有什么样的异像将惠临于我们；而是保持清醒和勤奋工作：作诗"①。这种"画梦"者的自觉，在波德莱尔那里表现为一种他所偏爱的典型活动——搜寻比喻，而比喻在波德莱尔的诗中并不单纯是语词的，而是意象的。显然，将艺术活动视为一种具有塑造作用的、智力的与意志的力量，废名画梦的观点与波德莱尔非常相似，同时废名也在中国诗人李商隐身上找到了令他万分欣喜的共鸣。

废名在《新诗讲稿》中谈到李商隐有《锦瑟》一诗，胡适称："这首诗一千年来也不知经过多少人的猜想了，但是至今还没有人猜出他究竟说的是什么鬼话。"② 对此，废名用他"梦"的美学观进行了深入的解读。废名的解读不仅声色俱佳，而且还从李商隐的诗中发现了新诗的根本特质。

"我是梦中传彩笔，欲书花叶寄朝云"，我想这真当得起西洋批评家所说的 Grand Style，他大约想象这些好看的花朵，虽然是黑夜之中，而颜色自在，好比就是诗人画就的寄给明日的朝阳。这样大抵就是"梦想"，也就感觉过敏。③

---

① 转引自：刘皓明《废名的表现诗学：梦、奇思、幻与阿赖耶识》，《新诗评论》（第二辑），北京大学出版社 2005 年版。
② 废名：《论新诗及其他》，辽宁教育出版社 1998 年版，第 30 页。
③ 废名：《论新诗及其他》，辽宁教育出版社 1998 年版，第 209 页。

废名认为，这样的"敏感"与"梦想"恰恰正是现代新诗的本质与特性，离开这般的"敏感"和"梦想"，即便是用了全新的形式比如白话，那还是用白话作旧诗，"骨子里还是旧诗"。所以，废名强调，"胡适之先生所认为反动派温李的诗，倒有我们今日新诗的趋势"，文学之新旧不能以时间的远近为标准，而要看它是否包含着"新文学的质地"，在中国文学史上，远至周秦，近迄现代，原本就存在着一个"新文学"的传统，尽管这次"新文学的质地起初是由外国文学开发的"，但却必然要转为对中国传统的"文艺复兴"，古今新的文学乃是一条路沟通的。[1] 所以，"新诗将严格地成为诗人的诗"，"新诗将是温李一派的发展"。[2] 也就是说，废名认为温李的诗其内容乃是"梦中传彩笔"，饱含了诗人的自由想象和奇妙幻想，体现了诗人对梦笔的自由把握和娴熟掌控，因此，它们虽写成于古代，"这个内容倒是新诗的内容"，"新诗要别于旧诗而能成立，一定要这个内容是诗的"。[3] 相反，"那几首诗，有胡适的《鸽子》，有沈尹默的《鸽子》，有沈尹默的《人力车夫》，有胡适的《人力车夫》，还有胡适的《一念》等等，就只能算是白话韵文，即是句子用白话散文写，叶韵、诗的情调则同旧诗一样由一点事情酝酿起来的。好比是蜜蜂嘤嘤几声，于是蜂儿一只一只地飞来了，于是蜂儿成群，诗一句一句地写下来了，于是一首诗成，结果造成功的是旧诗的空

---

[1] 废名：《论新诗及其他》，辽宁教育出版社 1998 年版，第 71 页。
[2] 废名：《论新诗及其他》，辽宁教育出版社 1998 年版，第 95 页。
[3] 废名：《论新诗及其他》，辽宁教育出版社 1998 年版，第 211 页。

气"①。也就是说，这些白话新诗虽名为新诗，由于缺乏奇妙的想象与幻想，实则却远离新诗的本质，因此只可归入旧诗一类。

　　从李商隐的诗中废名看到了中国文学在历史上并不缺失"新文学"传统。他认为"一国的文学都有一国文学的传统"②，发掘传统以振兴新诗，这是中国新文学的必然走向。但根本性的问题在于对"传统"的选择和确认：在中国新诗发展中，当胡适标举"元白"时，他所强调的是"明白清楚"，"明白清楚"所关联的是白话语言；而当废名称扬"温李"时，他抓住的是"幻想"和"感觉"，后者显然已经超越了表达手段而上升到诗歌美学的本质层面。废名强调诗之为诗并不在五言七言的形式和"诗的文字"。李商隐"似乎并无意要千百年后我辈读者懂得，但我们却仿佛懂得，其情思殊佳，感觉亦美"③。究其实质乃是李诗的内容，它摆脱了载道说教的外在功用，潜入诗人复杂的内心世界，在朦胧的意蕴中传递神秘的余味，在独特的意象间表达"兴与意会"的刹那之感……从方向上看，废名一派的努力，正如李健吾所概括："他们寻找的是纯诗 Pure poetry"，追求的是"'只是诗'的诗。"④这样充满了想象和幻想的内容的诗歌传统，正是废名所认为的"白话新诗发展的根据"⑤，是新诗审美品格确立的前提。显然，废名对于"梦"的美学的历史开掘，深刻触及了"新文学"的本

---

① 废名：《论新诗及其他》，辽宁教育出版社 1998 年版，第 35~36 页。
② 废名：《论新诗及其他》，辽宁教育出版社 1998 年版，第 71 页。
③ 废名：《论新诗及其他》，辽宁教育出版社 1998 年版，第 211 页。
④ 李健吾：《〈鱼目集〉——卞之琳先生作》，《咀华集·咀华二集》，复旦大学出版社 2005 年版，第 61 页。
⑤ 废名：《论新诗及其他》，辽宁教育出版社 1998 年版，第 24 页。

质内涵，文学之"新"不在形式而在"内容"，——是否有自由的想象与奇妙的幻想，而不是看它是否用浅近的白话写了浅显的真实生活。

由此废名"平心说来"的话就显得触目惊心而不得不令"新文学家"们反省——"新文学运动的价值，乃在于提倡白话文，这个意义实在很大，若就白话新诗说，反而是不知不觉地替旧诗虚张声势，没有什么新文学的意义了。"① 于是，废名在他所认定的传统的方向上进行了不遗余力的努力。

首先，他以一位诗人与哲人独有的敏感和颖悟，渐次深入地走进了李商隐那令人着迷的深不可解的"梦"里。废名发现，在波德莱尔那里表现为搜寻比喻以构建意象的"画梦"者的自觉，在李商隐的诗中则呈现为"借典故驰骋他的幻想。李诗是'人间从到海，天上莫为河'，'星沉海底当窗见，雨过河源隔座看'，天上人间什么都想到了，他的眼光要比温庭筠高得多……诗人得句是靠诗人的灵感，或者诗有本事，然后别人联不起来的字眼他得一佳句，于是典故与辞藻都有了生命"②。

作为自觉的画梦者，李商隐以奇异的联想赋予古老的典故以新鲜的生命，而在李商隐的梦画当中，最具色彩感与神秘感的则是诗人对"夜"与"花"的敏感与想象，那超乎黑暗之夜与绚烂之花的色彩魅惑，那凸显于梦之背景与夜之底色上的刹那一现，李商隐的梦中彩笔斑斓而迷人。

---

① 废名：《论新诗及其他》，辽宁教育出版社1998年版，第36页。
② 废名：《论新诗及其他》，辽宁教育出版社1998年版，第31页。

探到灵魂深处，可以窥见他对于颜色的感觉，他的诗中关于"月"与"夜"与"花"的联想似乎很特别，如李花诗有"自明无月夜"之句，白菊有"繁花疑自月中生"，又如"深夜月当花"，"独夜三更月，空庭一树花"，我觉得这样的感觉在以前的唐诗里似少见，……关于牡丹的诗每每说到夜里去了。[①]

废名如数家珍地欣赏着李商隐灵魂深处对于色彩的梦一般奇妙的感觉和超乎寻常的艺术联想，那是真正的诗的感觉，诗的梦境。而这些幽缈的不可复得的艺术佳句，在李商隐笔下又是那样的妙手偶得，浑然天成。

"我是梦中传彩笔，欲书花叶寄朝云。"你想，红花绿叶，其实在夜里都布置好了，——朝云一刹那见。[②]

废名惊叹这得之于天然的诗句，更赞叹诗人梦里那看不见的匠心独运，李商隐的伟大正在于他将一支画梦彩笔约控得如此偶然天成，了无痕迹。而且，李商隐的诗真正是前无古人后无来者的梦中有诗，诗中有画——

---

① 废名：《论新诗及其他》，辽宁教育出版社1998年版，第209页。
② 废名：《竹林的故事》，广西师范大学出版社2003年版，第289页。

李商隐诗"一春梦雨常飘瓦，尽日灵风不满旗"可以说是前不见古人，后不见后来者，中国绝无而仅有的一个诗品。……难得作者写着"梦雨"，更难得从瓦上写着梦雨，把一个圣女祠写得同《水浒》上的风雪山神庙似的令人起神秘之感。①

此梦即是真，此真亦是梦，梦中之雨，在诗人一支画笔的摇曳之下，飘零在诗人的梦里，飘落在现实的瓦上。梦超越了时间，也跨越了空间。除了梦，除了自由画梦的诗人的彩笔，还有什么可以让我们领略到艺术超越现实，穿越时空的魔力与魅力？这才是一个"画梦者"最强大的本领——超乎时间之外的空间的立体的想象。

我喜欢"细雨梦回鸡塞远"这一名词。……梦到鸡塞去一趟，醒来乃听见淅沥淅沥的下着细雨，于是就写着细雨梦回鸡塞远，就时间与空间说，细雨与梦回鸡塞也没有因果关系，大约因为窗外细雨，梦回乃有点不相信的神情罢了。实在细雨梦回乃是兴之一体，比"风雨如晦，鸡鸣不已"更为诗中有画。②

在李商隐令人叹为观止的"画梦"诗歌中，废名发现了现代

---

① 废名：《论新诗及其他》，辽宁教育出版社1998年版，第235页。
② 废名：《论新诗及其他》，辽宁教育出版社1998年版，第236页。

诗歌的一些根本要点：时间与空间、描绘与抒发、主观与客观。正如刘皓明所指出的，凭据"画梦"这一比喻，废名为现代新诗与上述要点相关的问题提出了一个有趣的解决方案①。这一方案恰与西方古典美学所阐述的时间属于诗歌，空间属于绘画的观点相反，废名要求诗歌应该与雕塑一样在时空上成为一个整体，"容纳得一个立体的内容"，有如"玻璃缸的水——要养个金鱼儿或插点花儿这里都行"，"还可以把天上的云朵拉进来"。② 新诗所要的正是这种"立体的感觉"，"大约四度空间也可以装得下去"③。这样的立体时空，温庭筠做到了，李商隐也做到了，而且做得如此收放自如，浑然天成，这便是诗人之为诗人的"画梦"的自觉。

4. 人生如梦——唯识学的证悟

在遇到大乘佛教之后，废名对艺术创作价值意义的追索，进入了一个新的发展阶段。他从"三界唯心，万法唯识"的佛教唯识学思想中获得了一个内在的、超验的维度，这一维度改变了废名对世界的看法，也让他的梦的美学观具有了超越世俗的意义。

从《桥》到莫须有先生系列，这种超越性的改变有迹可循，清晰可见。在《桥》中，废名称自己只感到梦的真实与美，尚"感不到人生如梦的真实"，但到了《莫须有先生坐飞机以后》，

① 刘皓明：《废名的表现诗学：梦、奇思、幻与阿赖耶识》，《新诗评论》（第二辑），北京大学出版社 2005 年版。
② 废名：《论新诗及其他》，辽宁教育出版社 1998 年版，第 29 页。
③ 废名：《论新诗及其他》，辽宁教育出版社 1998 年版，第 33 页。

废名坦言，"人生如梦"，不是说人生如梦一样是假的，而是说人生如梦一样是真的——

> 因为世人"生"的观念是"形"的观念。"形"灭而"心"不能说是没有。"心"不能说是没有，正如"梦"不能说是没有，"梦"只是没有"形"而已。……知有心便知死生是一物，这个物便是心。于是生的道理就是死的道理，而生的事实异于死的事实，正如梦的事实异于觉，而梦是事实。①

显然，在"三界虚伪，唯心所作"的佛学思想导引下，废名关于梦的美学思想，迈出了跨越性的一步：他将梦与现实等同起来了，甚至把梦放在了物理现实之上。这一跨越已然超越了美学本身而进入哲学和宗教领域。因此，理解这一阶段废名关于梦的看法，首先必须基于对废名所皈依的佛教教义和哲学背景的理解。

废名认为，"人生"与"梦"都是阿赖耶识所变现，尽人皆知梦境是不实的，可对于梦境中人，却会以此当作真实境界，"觉而后知其为梦也"② ——醒后方知虚幻不实的梦是梦，而醒着的"人生"其实也是梦，只是此一梦有几十年罢了。醒着的"人生"所缘的一切境界也和梦境一样，唯心所现，未渗透佛法的众生正处在无明大梦中，开始以来从未醒悟过，所以见到的一切，

---

① 废名：《莫须有先生传》，广西师范大学出版社 2003 年版，第 182 页。

② 废名：《阿赖耶识论·序》，辽宁教育出版社 2000 年版。

都错误地执以为实有，假使从无明梦中醒来，证得无分别智时，自然知道外境虚假。故《金刚经》说："一切有为法，如梦如泡影，如露亦如电，应作如是观。"

　　至此，废名关于梦的理论，从对波德莱尔和莎士比亚的接受开始形成，在大乘佛教"阿赖耶识"的教义里发展到顶峰。在"万法唯识"的佛教宇宙观的支配下，废名确信，世界是佛的神通变化，是心的幻术，"一无所有而无所不有"①。"宇宙，本来无一物，颜料的排列聚合而已，时间的剥蚀那是当然的，那又是一个颜料的变化而已，一切，一切。"②"譬工幻师，造种种幻。"在佛教的宇宙观中，废名看到了整个世界与绘画所共有的表现性，世间一切现象不过是由不同颜料排列聚合的一幅画而已，整个世界就是幻术师的艺术品，就像一幅画是画家的艺术品一样。因而，一个诗人就是一个画家。他以世界虚幻的现象为颜料来画他的梦。这些梦，如果是"完全的"，它们就必然表现为阿赖耶识所生变的镜像。阿赖耶识的生变是一个本体论过程，而艺术创造与这个本体论过程是对等的。在收入《镜》中的小诗《秋水》里，作为绘画的诗歌和与之对等的本体论之间的复杂关系，被言简意赅地表现出来。

　　　　我见那一点红，

　　　　我就想到颜料

---

① 废名：《阿赖耶识论》，辽宁教育出版社2000年版，第54页。
② 废名：《莫须有先生传》，广西师范大学出版社2003年版，第105页。

它不知从那里画一个生命？

我又想那秋水，

我想它怎么会明一个发影？

一个逝去的生命可以用颜料重新建构出来，如同她在秋水上的倒影一样真实。诗歌找回了逝去的原初的生命，如同生命在轮回中复现一样。这两种情形其实质都是虚幻的、"空"的，而这种虚幻与"空"对废名来说，恰恰表现了世界的真谛——"在梦里头见我的现实，我的现实则是一个梦"①。"我虽然神经过敏，形影相随，瞻之在前，忽焉在后，总算自己把自己认得清清楚楚了。"②

唯有梦境可以呈现现实，只有虚幻能够传达真实——"梦，梦，方其梦也不知其梦也"③。这是废名艺术表现的辩证法，也是废名梦的美学的理论高峰。

（二）"空"的美学镜像

废名是梦的美学的思想者，更是梦的美学的实践者。他的"人生如梦"之美学观是伴随着他的艺术创作而日渐成熟的。因此，他在现代文学史上留下的不独是一个追梦者的艺术思考，更

---

① 废名：《莫须有先生传》，广西师范大学出版社 2003 年版，第 53 页。
② 废名：《莫须有先生传》，广西师范大学出版社 2003 年版，第 59 页。
③ 废名：《莫须有先生传》，广西师范大学出版社 2003 年版，第 59 页。

有一个"画梦者"的审美镜像，这些如梦如幻的美学镜像其核心即是废名所参悟一个"空"字。

"空"在世俗世界指的是无生命的虚幻，与现实世界中生动的、实在的形象相对举。但在废名的佛法世界里，世间的一切都是阿赖耶识所变现，无论人生还是梦，都是虚幻不实的，整个世界的"境"就是"空"。如果这个为我们所感知的世界是"空"的，那么它就是一种"幻"，如果整个世界是一种"幻"，那么，必然地，对于这个世界的艺术表现就是幻中之幻。从美学的角度讲，这种幻中之幻的观念，正是废名30年代早期作品的根基所在，而由此产生的美学镜像，在废名的作品中，最突出的一是明镜——对虚幻现实的幻象，二是空花——对人生如梦的拟画。

1. 明镜：幻中之幻

如果说1930年之前，废名的审美镜像更多地直接指向"梦"——梦之美、梦之幻、梦之夜、梦之颜色，甚至梦之空白，那么，从1930年开始接触佛经之后，废名的作品最重要的镜像由"梦"转向"镜"。

这种转向其实在1930年之前就已见端倪。1927年废名曾对《桥》中的一段文字有如下说明："我最近发表的《杨柳》（《无题》之十），有这样的一段——'小林先生没有答话，只是笑。小林先生的眼睛里只有杨柳球，——除了杨柳球眼睛之上虽还有天空，他没有看，也就可以说没有映进来。小林先生的杨柳球浸了露水，但他自己也不觉得，——他也不觉得他笑'。""我的一位朋友竟没有看出我的'眼泪'！这个似乎不能怪哦。"[1] 其实，没有看出"眼泪"的绝非朋友一人，废名也承认："有许多人说我的文章 obscure，看不出我的意思。"但废名绝不会因此改变，他所倾心的正是这种多重反映下的美学镜像——"我自己是怎样的用心，要把我的心幕逐渐展出来！我甚至于疑心太 clear 得利害"[2]。这一时期，他在瞳仁、泪、光、影等镜像中发掘梦之幻美。而在 1930 年后，废名则从佛经常用的比喻中汲取了更多的多重反映的美学镜像——《成唯识论》中，有八种常用的比喻来描述现实的虚幻性，幻事、阳焰、梦境、镜像、光影、谷响、水月、变化等。其中"镜"成为《桥》的后半部以及废名三十年的诗歌中出现频度最高的意象。《桥》中小林看见镜子："镜子是也，触目惊心。"而在一组题名为《镜》的诗中，"时间如明镜，微笑死生"（《无题》），"余有身而有影，亦如莲花亦如镜"（《莲花》），"因为梦里梦见我是个镜子，沉在海里他将也是个镜子"（《妆台》）……镜像乃是幻象，是幻美体验，其中有镜花水月的彼岸世界，有梦中之梦，幻中之幻。因此，在渐入佛境的废名眼里，"镜"代表着某种本体论的意义。在佛法世界里，万千世相原本就是虚幻不实，幻即是有，有亦即幻，人生如梦般真实，镜像便是真相。因此，废名诗曰："如今我是在一个镜里偷生。"（《自惜》）

正是对"镜"的佛学体验，废名在其后来的佛学著作《阿赖

---

① 止庵：《废名文集》，东方出版社 2000 年版，第 54 页。
② 止庵：《废名文集》，东方出版社 2000 年版，第 54 页。

耶识论》中，很自然地借用镜像喻幻象：

> 心能藏物，犹如镜能藏像……物不是离心独在，物是与
> 心合而为一，说心就应有物，犹如说镜子就应有像。①

与"镜"相似，具有多重反映与多重表现功能的意象还有湖、溪、海、画、梦等，它们在废名的作品中也都是常见的意象。《桥》的结尾，小林做了一个梦，他和琴子、细竹在湖上荡舟，他凝望着细竹的舟中孤影，"宛在水中央"。这里的湖就像一面镜子，小林深信从那里面他可以把细竹看得更加真切，真切得甚过直面其本人。与此梦中有湖相类似，梦中明镜，更是虚中写虚，幻中映幻，彻底而深刻地喻指着了世界的空幻——《镜》这首诗就包含了这样的主题。诗中写道：

> 自从梦中我拾得一面好明镜，
> 如今我才晓得我是真有一副大无畏精神，
> 我微笑我不能将此镜赠彼女儿，
> 常常一个人在这里头见伊的明净。

镜与湖、海、梦等意象叠加，让梦中有梦，幻中映幻，充分凸显了废名人生如梦的佛教美学主题，同时也将废名所迷恋的另一个美学主题凸显出来，那就是死亡之美。

---

① 废名：《阿赖耶识论》，辽宁教育出版社 2000 年版，第 19 页。

2. 空花：死之 beauty

1930 年 6 月，废名在《骆驼草》第七期发表题为《死之 beauty》的文章，称道莎士比亚戏剧《安东尼与可丽阿巴特拉》中可丽阿巴特拉之死"是一个 beauty"——死亡的降临"同香一样的甜，同风一样的薰，舒服极了"①。废名认为只有莎士比亚这样的艺术大师，才能将死亡写得如此幻美，因为他们有超世俗的"厌世观"——

> 我喜读莎士比亚的戏剧，喜读哈代的小说，喜读俄国梭罗古勃的小说，他们的文章里都有中国文章所没有的美丽，简单一句，中国文章里没有外国人的厌世观。②

此之"厌世"很容易被解为"轻生"，因此，废名解释说："我说厌世，并不是叫人去学三闾大夫葬于江鱼之腹中，那倒容易有热衷的危险，至少要发狂，我们岂可喝彩。"③ 莎士比亚、哈代和梭罗古勃的"厌世观"，乃是他们在思索了死亡之后对现世人生的超越，这一点与中国人的思维习性大不相同——"中国人生在世，确乎是重实际，少理想，更不喜欢思索那'死'，因此不但在生活上就是在文艺里也多是凝滞的空气，好像大家缺

---

① 止庵：《废名文集》，东方出版社 2000 年版，第 87 页。
② 废名：《论新诗及其他》，辽宁教育出版社 1998 年版，第 222 页。
③ 废名：《论新诗及其他》，辽宁教育出版社 1998 年版，第 222 页。

少一个公共的花园似的……中国人的思想大约都是'此间乐，不思蜀'，或者就因为这个缘故在文章里乃失却一份美丽了"①。废名认为，"死"是人类的"公共花园"，这个花园虚空寂寞，却也因此而美丽静穆，它让人生出超乎生死的想象与幻想："大凡厌世诗人一定很安乐，至少他是冷静的，真的，他描写一番景物给我们看了。"② 人类的文学艺术中如果没有面对这个"公共花园"的想象，便会丢失一半的美。而作为一个"生而好奇于死"的诗人，废名说，死"盖是我所最爱想象的一个境界"③。

想象是诗人的天堂，面对死亡，诗人之所以为诗人，也正在于他在想象的天堂里吟咏，却不摹写现实。所以废名说，我只是喜欢想象死，"走马观花而已"④。走马观花与设身处地之根本不同在于，前者是美学的，后者是现实的。"我所想象之死，盖就是一个想象，是经验之一笔画。"⑤ 废名笔下的"死"，不是现实的痛苦经历而是超越现实的审美想象，这种超越，最初在莎士比亚等人的作品中被欣赏——"我承认莎士比亚始终不免是个厌世诗人，而厌世诗人照例比别人格外尝到人生的欢跃，因为他格外绘得出'美'"⑥；之后在冯至这样的诗人笔下被流连——"诗人本来都是厌世的，'死'才是真正的诗人的故乡，他们以为那里

---

① 废名：《论新诗及其他》，辽宁教育出版社 1998 年版，第 222~223 页。
② 废名：《论新诗及其他》，辽宁教育出版社 1998 年版，第 222 页。
③ 废名：《莫须有先生传》，广西师范大学出版社 2003 年版，第 103 页。
④ 废名：《莫须有先生传》，广西师范大学出版社 2003 年版，第 103 页。
⑤ 废名：《莫须有先生传》，广西师范大学出版社 2003 年版，第 103 页。
⑥ 止庵：《废名文集》，东方出版社 2000 年版，第 107 页。

才有美丽"①。最终，在废名日渐沉迷的佛学经典中被发掘，并转化为废名笔下的美学镜像。

废名说："我尝想，中国后来如果不是受了一点佛教影响，文艺里的空气恐怕更陈腐，文章里恐怕更要损失好些好看的字面。"② 这些"好看的字面"废名在佛经中看到了——

> 我读《维摩诘经》僧肇的注解，见其引鸠摩罗什的话，"海有五德，一澄净，不受死尸……"我很喜欢这个不受死尸的境界，稍后读大智度论更有菩萨故意死在海里的故事。……在佛书上看见说海水里不留尸，真使我欢喜赞叹。③

渐入佛境的废名，在佛教的经典中领略了对"生"之沉重滞涩的超越，对"死"之空灵澄净的升华。于是，废名在自己的诗作《掐花》中，化用佛经典故——

> 我学一个摘花高处赌身轻，
> 跑到桃花源岸攀手掐一瓣花儿，
> 于是我把他一口饮了。
> 我害怕我将是一个仙人，
> 大概就跳在水里淹死了。

---

① 废名:《论新诗及其他》，辽宁教育出版社1998年版，第195页。
② 废名:《论新诗及其他》，辽宁教育出版社1998年版，第223页。
③ 废名:《论新诗及其他》，辽宁教育出版社1998年版，第203页。

> 明月出来吊我，
>
> 我欣喜我还是一个凡人，
>
> 此水不见尸首，
>
> 一天好月照彻一溪哀意。

"我喜欢海不受死尸的典故给我活用了，若没有这个典故这诗便不能写了。"① 废名将此引为诗歌美学的胜境，而这样的美学境界，在废名的诗作中屡屡呈现，并与其所钟爱的"镜"之美学镜像相叠合。幻中之幻的虚空映像将悲中之悲的死亡境地托举到了一个虚无缥缈的唯美境界，废名的诗也因此呈现出奇异而另类的美的"神光"。

写于 1934 年的《妆台》是典型一例。

> 因为梦里梦见我是个镜子，
>
> 沉在海里他将也是个镜子。
>
> 一位女郎拾去
>
> 她将放上她的妆台。
>
> 因为此地是妆台，
>
> 不可有悲哀。

废名谈这首诗的写作时说："当时我忽然有一个感觉，我确实是一个镜子，而且不惜于投海，那么投了海镜子是不会淹死的，

---

① 废名:《论新诗及其他》，辽宁教育出版社 1998 年版，第 203 页。

正好给一个女郎拾去。……在妆台上只注重一个'美'字。"① 与之相反，"许地山有一篇《命命鸟》，写一对情人蹈水而死，两个人向水里走是很美丽的，应是'凌波微步，罗袜生尘'，第二天不识趣的水将尸体浮出，那便臃肿难看了，所以我当时读了很是惆怅。在佛书上看见说海水里不留尸，真使我欢喜赞叹"②。废名认为，佛书上的境界才是美学的境界。"大凡诗人，虽然投降于世俗，总是憧憬于美丽的，在漫长的岁月里当然不会'忽然有彗星的出现，狂风乍起'，却是'随着别离我们的世界便分成两个'，'像刚刚降生的两个婴儿'，所以世界未必不可厌，而'死'每每使得诗人向往了，那里总应该是美丽之乡罢。"③

很明显，废名对死亡之美的审美想象是超现实的，它受到莎士比亚、哈代和梭罗古勃的影响，更受到佛学经典的熏习。随着佛教修行的深入，另一个美学镜像——"空花"频频出现于废名诗歌小说当中。

和"镜"一样，"空花"的意象也来自佛经。《成唯识论》中就有关于"空花"的比喻，用来描述世界在时间之流中的虚幻性："又去来世非现非常，应似空华非实有性。"④ 在《成唯识论》中，"空花"是一切"境"的比喻，而在废名的作品中，它是"死"和"坟"的代喻。1931 年完成的《小园》中，花已非花。

①　废名：《论新诗及其他》，辽宁教育出版社 1998 年版，第 200 页。
②　废名：《论新诗及其他》，辽宁教育出版社 1998 年版，第 203 页。
③　废名：《论新诗及其他》，辽宁教育出版社 1998 年版，第 194 页。
④　《大藏经》第 31 册，第 6 页。

　　　　我靠我的小园一角栽了一株花，

　　　　花儿长得我心爱了。

　　　　我欣然有寄伊之情，

　　　　这哀于这不可寄，

　　　　我连我这花的名儿都不可说，

　　　　——难道是我的坟么？

　　废名自言："《小园》这个题目也很有趣，这里面栽了有花，而花的名儿就是自己的坟，却是想寄出去，情人怎么忍看这株花呢，踏实的坟呢？"①《小园》中"花"的意象已转向"坟"的空寂。而更具废名特色的是，"空花"这一意象最终在夭亡少女身上被具体化。

　　对夭亡少女这一主题的痴迷，可以追溯到废名的青年时代。1919 年废名 19 岁时，他的小妹阿莲病亡。如花的生命未开即落，年幼的阿妹去了哪里？"我尝怀想一个少女之死，其于人生可谓过门而不入，好一个不可思议的空白！"② 1929 年，周作人 15 岁的女儿若子因病离世，周年纪念时，周作人"循俗延僧诵经"，废名亦至且有感喟："死之衣裳轻轻给女儿披上，一切未曾近乎，而这一个花园本来乃个人所自分的，千载一时，又好一个不可思

---

①　废名：《论新诗及其他》，辽宁教育出版社 1998 年版，第 201 页。

②　废名：《莫须有先生传》，广西师范大学出版社 2003 年版，第 103 页。

议的无边色相之夜啊！"① 这种想象中的困惑与困惑中的想象一直追随着废名。"莫须有先生平生大概常是这样的千遍万遍自己死了，猛抬头却见人生又在那灯火阑珊处！那个眼光，真叫做静若处女动若脱兔。"② 这样的人生阅历和生命思索，究竟在废名的心灵世界留下了怎样的印痕，或许只有从相似的经历、相近的心灵中才可以窥见。

废名的学生即后来成为哲学家的汤一介，曾编过一本自称是最喜爱的散文集《生死》，其中《小妹到哪里去了》记载了作者六岁时，小妹因患痢疾死去，当作者追问母亲"小妹什么时候回家"时，母亲说："小妹不回来了，到天上去享福去了。"汤一介称这是他最初接触到"死"的问题，当时觉得"死"并不可怕，不过是到另外一个更好的地方去罢了。后来在中国古代的文献中，古人对"死"的哲学思考一直是汤一介最感兴趣的，并最终形成了他"生时安生，死时安死"的生死观。

无论是偏于哲学思维的汤一介还是偏于艺术思维的废名，对于小妹早夭的记忆显然都是刻骨铭心的，并且不可遏止地引发了他们对死亡之境的遐想，只不过这份遐思对哲学家汤一介的引导是在中国古代哲学中思辨生死，而对文学家废名的影响则是在"月逐坟圆"的万古想象中，体味小妹阿莲一个人睡在山上如何才不寂寞。

---

① 废名：《莫须有先生传》，广西师范大学出版社2003年版，第103页。
② 废名：《莫须有先生传》，广西师范大学出版社2003年版，第103页。

至于"死"——奇怪，阿妹很小很小的时候，就知道这件事——仿佛，确实如此，很欣然地去接近。母亲有时同她谈笑："阿莲，算命先生说你打不过三、六、九。""打不过无非是死。""死了你不怕吗？""怕什么呢？""你一个人睡在山上，下雨下雪都是这样睡。"阿妹愕然无以对了。……菩萨的药还在炉子上煎……人们哄哄地把阿妹扛走了，屋子里非常寂静，地下一块块残剩的石灰，印着横的直的许多草鞋的痕迹。父亲四处找我，我站在后院劈柴堆的旁边。①

一个敏感的心灵，对其早年所产生的生命困惑，会毕其一生探究追索，那可能正是人生最根本和最深刻的迷惘。直至30年代，废名从对佛教的皈依中找到了关于生死的最终答案，也找到了对夭女这一主题最"美"的表现——画"空花"。

《阿妹》是废名涉及这一主题的首篇作品，也是最具现实主义色彩的作品，以其小妹阿莲为原型而创作。《桃园》则是这一主题的第二篇作品，很大程度上这篇作品受到俄国象征主义作家梭罗古勃的影响。

我做大学生的时候，读了俄国梭罗古勃有名的短篇小说《捉迷藏》，很是喜悦，心想我也来写一篇《打锣的故事》罢。我的《打锣的故事》与梭罗古勃的《捉迷藏》有什么连带的关系呢？那可以说是寂寞的共鸣，简直是憧憬于一个

① 废名：《竹林的故事》，广西师范大学出版社2003年版，第69页。

"死"的寂寞，也就是生之美丽了。《捉迷藏》是一个母亲同自己的小孩子捉迷藏的故事。……他的死实在是一个游戏，美丽而悲哀。①

《打锣的故事》后来变成了《桃园》，但《桃园》远不是对《捉迷藏》这篇俄国作品的简单模仿，它成功地将一位少女的死展现得非常"美"，以至于有评论者认为"不管采用什么样的标准，把它看作是颓废主义的杰作都不过分"。"然而，到1930年，废名已经超越了他的颓废阶段，找到了一种新的美学来表现少女之死这一主题。《阿妹》与《桃园》中那种对死亡的迷恋消失了；取而代之的，是对超越死亡的寻求。在1930年左右，废名在主题上和美学上的主旨，在于通过艺术表现来恢复死亡从生命中所带走的一切。"②

对于这个主题，作者下面的这段文字中或可让我们看到他的独特的美学沉思。

人类有记忆，记忆之美，应莫如柴火。春华秋实都到那里去了？所以我们看着火，应该是看春花，看夏叶，昨夜星辰、今朝露水，都是火之生平了。终于又是虚空，因为火烧了则无有也。庄周则说："火传也，不知其尽也。"③

---

① 止庵：《废名文集》，东方出版社2000年版，第251页。
② 刘皓明：《废名的表现诗学：梦、奇思、幻与阿赖耶识》，《新诗评论》（第二辑），北京大学出版社2005年版。
③ 止庵：《废名文集》，东方出版社2000年版，第242页。

就像火中有春花、夏叶、星辰、朝露一样，空花里面盛开着死亡从生命中所带走的一切。因此，"画空花"成为废名1930年后的作品中少女之死这一主题的集中体现。"我虽无论如何望不见造化怎样地形成明日之花朵，但我实在不能从昨日的明眸里写一个一生啊，美丽的姑娘啊。"①在《莫须有先生传》中，莫须有先生在听到房东太太的外甥女死去的消息后，他这样思索：

> 今天，今天，她，她，她，美丽的姑娘呵，好比我画一幅画，是我的得意之作，令我狂喜，令我寂寞，令我认识自己，令我思索宇宙，本来无一物，颜料的排列聚合而已，时间的剥蚀那是当然的，那又是一个颜料的变化而已，一切，一切，这是一切呵，你们如不感到此言的确实，那是你们感得不真切，是你们生活之肤浅！哈哈，从此我将画得一朵空花，我的生活将很有个意思，千朵万朵只有这朵才真是个玩意儿。②

莫须有先生要画的那朵"空花"，替代了那个女孩的原初存在。这种表现的替代物，就是莫须有先生在夭女身后留下的文字痕迹。同一章里，莫须有先生进一步详述了"空花"这一比喻。

---

① 废名：《莫须有先生传》，广西师范大学出版社2003年版，第104页。
② 废名：《莫须有先生传》，广西师范大学出版社2003年版，第105页。

生死之岸来回一遍，全无着落，然后只好以文字做符号。

她？她？她？我与她有一面之缘呵，就丢了？①

实质上，对于1930年以后的废名来说，艺术表现的最高象征物是"明镜"与"空花"，而从根本上讲，二者一也。"《妆台》里面的镜子，与这一首《小园》里面的坟都是一个东西。"②

作为中国现代文学史上第一难懂的作家，废名晦涩的文学文本和他深玄的美学思想，都不是可以轻易解读的。正如废名本人所说："不要轻易说：'我懂得了！'或者说：'这不能算是一个东西！'真要赏鉴，须得与被赏鉴者在同一的基调上面，至少赏鉴的时候要如此。这样，你很容易得到安息，无论摆在你面前的是一座宫殿或只是一间茅舍。"③ 当我们尝试着走进废名的"梦"时，我们听到了废名引自鲁迅《桃色的云·序》中的感言："世间本没有别的言说，能比诗人以语言文字画出自己的心和梦，更为明白晓畅的了。"废名说："这是真的。"④ 此后数年，废名真的用古今中外的伟大创作证明了这一点，也真的用被波德莱尔、莎士比亚、温庭筠和李商隐等中外大家所滋养的"梦中彩笔"画出了自己的"梦"。而废名这样的梦画，不管是用诗歌还是用散文写成的，都具有一种朦胧和暗示性，令后来的诗人自叹不如。

---

① 废名：《莫须有先生传》，广西师范大学出版社2003年版，第104页。

② 废名：《论新诗及其他》，辽宁教育出版社1998年版，第201页。

③ 止庵：《废名文集》，东方出版社2000年版，第55页。

④ 止庵：《废名文集》，东方出版社2000年版，第36页。

二、民俗如诗：废名的儒家美学观

1937 年，废名避战乱返回故乡黄梅，在由北大教员转身而为山村教师的同时，废名的思想也发生了重大转向——由援儒证佛而至出佛归儒，儒家思想成为此后废名思想的基本向度。与此同时，废名的美学观也由佛教美学主导向儒家美学过渡，最突出的便是废名对儒家美学之"观风俗之盛衰""考见得失"的现实应答。

"把本来是维系氏族社会的图腾歌舞、巫术礼仪（"礼乐"），转化为自觉人性和心理本体的建设，这是儒家创始人孔子的哲学——美学最深刻和最重要的特点。"① 在乡村中国，由"图腾歌舞、巫术礼仪"发展而来的乡风民俗，既是乡村大地上的生命景观，也是乡村中国的艺术审美。人类智慧创生民俗，对社会进化论持质疑态度的废名，早在其乡村创作初期，就对人类文化的母体——民俗予以高度肯定和倾心解读，而十年黄梅乡村的避难生活，则让崇仰儒学的废名在乡村中国的现实土壤中找到了儒家美学的深厚根基，从而也使废名小说由虚无缥缈的桃源幻美走向了记录历史、解读风俗社会学思考。从《桥》中尽言其美到《莫须有先生坐飞机以后》发现其用，废名以独特的艺术视角尽显乡风民俗在塑造"自觉人性和心理本体"中的审美价值和社会功用。

---

① 李泽厚：《孔门仁学》，李孝弟：《儒家美学思想研究》，中华书局 2003 年版，第259 页。

废名对乡风民俗的儒学解读，主要体现在他对民俗之于道德人心、宗教关怀、心灵教化、文化认同等方面独特功能的发掘。乡风民俗与乡村大地是水乳交融的，乡民生活在民俗里，就像鱼儿生活在水里。因此，作为与人们生活关系最为密切的文化事象，风俗的力量化育万物，润物无声，其巨大的社会功能在废名对儒家美学的领悟中被一一呈现出来。

（一）仁义礼智信：道德规约功能

君子所贵在德。与启蒙话语对封建道德戕害农民的批判立场相反，最终在民间社会完成了道德主体塑造的废名，始终尊崇仁义礼智信为核心的儒家传统道德，重视道德规范的践行和个人品德的锤炼，因而在废名文学创作的早期，庶人之德已在其笔下熠熠生辉，而点染了诸多道德文章的则是功能强大的乡村礼俗。

《桥》中有《送牛》一章，写的是普通乡人最寻常的礼尚往来，牛乃乡间俗物，但在"送牛"的仪式中它却演绎着乡村睦邻之间淳朴的亲善友好，甚至为乡土中人平添了别样的画意诗情。

> 送牛的自然也是三哑，他打扮得格外不同，一头蓬发，不知在哪里找得了一根红线，束将起来，牵牛更担一挑担子，这担子真别致，青篾圆萝盛着二十四个大桃子。①

---

① 废名：《竹林的故事》，广西师范大学出版社2003年版，第203页。

送牛者被这礼俗所蕴含的美好情感所感染，"他是怎样的欢喜，一面走走，一面总是笑，扁担简直是他的翅膀，飞"；而迎候者小林早已得了信，竿子上挂了一吊炮等着。在礼俗的深厚意蕴的观照下，乡间的寻常之物都有了不同寻常的意义，"二十四个大桃母亲用了三个盘子盛摆在堂屋正中悬挂的寿星面前"①。普通乡民向善向美的生命情感用礼俗的形式尽情释放出来。无疑地，这风俗当中寄寓了千百年来中国传统文化中的乡村道德理想，一代代乡民也就是在这最凡俗的礼尚往来当中，传承道德，规范秩序。可见，在废名笔下礼俗是乡村社会约定俗成的道德前提，它规约着乡民淳朴善良的人际关系，维系着乡村健康和谐的发展走向。

太平盛世的礼俗似乎还不足以尽显民俗的道德力量，在《莫须有先生坐飞机以后》中，废名以"买白糖"为例，感叹主人公落难途中投奔亲友，莫须有先生的太太仍坚持以礼拜见长辈，"初次到亲戚家，是我们的长辈，不能不备礼"②。"二十八年之秋白糖已是隆重的礼物，少有买者，亦少有卖者。"③ "买白糖做礼品，等于买洋参燕窝做礼品了。"④ 而坚持买白糖做见面礼的莫须有太太，于逃难途中，全部家当只是三元赊资和已退出市面的六块银币。显然，长幼序，在一位乡村妇女的眼里，不是诗书文章，而是人情事理，即便遭遇国难，流徙于穷村荒山之间，它仍是不

---

① 废名：《竹林的故事》，广西师范大学出版社 2003 年版，第 203 页。
② 废名：《竹林的故事》，广西师范大学出版社 2003 年版，第 123 页。
③ 废名：《竹林的故事》，广西师范大学出版社 2003 年版，第 124 页。
④ 废名：《竹林的故事》，广西师范大学出版社 2003 年版，第 204 页。

可违背的道德铁律。同样，在礼俗的演示与传承中，乡村的道德观念也潜移默化地代代传承。在莫须有先生和太太"小孩子也要讲礼"，"人熟礼不熟"①的教导中，长于城市的儿女们也承袭了乡村礼俗所独有的道德观念和道德愉悦——给亲戚拜年，"慈也不喝茶，也不吃点心，两样都是形式了。而她的精神上十分快乐，因为人家对于她讲礼了"②。道德礼俗作为一种特殊的人文知识，它的习得方式是谱系式的，正是在家族生活中，儿童习得了原初的道德知识。

礼尚往来，在《莫须有先生坐飞机以后》中以王玉叔送芋为最有古道，莫须有先生几乎要为他写一篇芋头赞。因为，莫须有先生自始至终不认得王玉叔，而王玉叔认为他们两人不同道，故敬之而不相为谋，从来不招呼他，只是心里佩服他，精心选出最好最大的芋头悄然送到莫须有先生家，全无送礼之礼，完全出乎倾慕之情，"可谓饭蔬食饮水，乐亦在其中矣"③。而莫须有太太请客又何尝不是如此，并不刻意去请，却早在筹划之中，看似随意为之，却是精心安排，受请者无愧怍，施请者为感恩，人情的温暖与恩爱，尽在饭蔬饮水之间。

更有"仿佛不食人间烟火"的礼尚往来——"家庭经寇难，一空如洗"，年关将至，老父却不得已住进"佛前灯暗殿中明"的紫云阁，莫须有先生为感激紫云阁道姑起见，不仅书赠春联一副：

---

① 废名：《竹林的故事》，广西师范大学出版社 2003 年版，第281页。
② 废名：《莫须有先生传》，广西师范大学出版社 2003 年版，第285页。
③ 废名：《莫须有先生传》，广西师范大学出版社 2003 年版，第284页。

"万紫千红皆不外明灯一盏，高云皓月也都在破衲半山"，且特意"买了油糍托来人带去。除夕之夜道姑吃油糍过年，感激莫须有先生不尽"。——于是，"一个凄凉的庙里有家之温暖了"①。

教化无形而至德，乡野村夫的道德智慧在礼俗之中为新文学作家提供了深刻的文化反思，废名小说中，乡间的四时行事，清明上坟，夏日庙会，六月的盂兰节，送牛、送灯、唱命画等，这些风俗不但表现了乡民们的郑重其事、满怀虔诚、反本修古、不忘其初的儒家伦理道德，而且传达了乡民身上温馨美好的生命情感。这是一个民族千百年来生生不息、健康向上的美与善的力量，它在潜移默化中以强大的自律功能规约着人们的行为方式和道德取向。

（二）诗化田园：艺术审美功能

废名笔下的乡村生活，不仅是田园诗而且是风俗画。田园上的诗情画意来自四时有序的自然风光，更来自树藤间掐花，小河边搓衣，八丈亭过桥，清明节上坟，棕榈树前披发，河岸边"打杨柳"，三月三望鬼火，夜里挑灯赏桃花，隔岸观火"送路灯"……风俗与节庆是乡土生活的重要内容，是民间恒常的生活习惯，最能见出民间生老病死的观念以及仪式化特征。而最终仪式的特征独立出来，超越了生死哀乐，成为民间生活的一部分。

这部分仪式化的生活究竟有何意义？孔范今先生指出："对

---

① 废名：《莫须有先生传》，广西师范大学出版社 2003 年版，第 270 页。

于民俗，尤其是作为其基本内容的各种仪式，在唯'新'派看来可能是陈旧的，在唯'实利'派看来可能是虚饰，在唯'科学'派看来可能是愚妄，但其作为人文之维、审美之维的价值，是绝对不能忽视的。"① 的确，"打杨柳""送路灯"、清明上坟这些看似违背科学理智的虚妄的形式，没有任何实际意义，但这也恰恰正是民俗的意义所在，甚至就是乡土意义本身。在这些民俗事象中，乡民特有的诗性想象和人生哲学，在艺术与宗教合而为一的氛围里，尽情挥洒。正是这种民间生活的诗意表达，让乡村大地上的生灵匍匐于土地而又超越了土地。这种超越性在废名小说中有如下体现：

其一，民俗赋予凡俗生活以宗教感。废名故乡多鬼神传说，鬼的世界自成一体，而又影响着人的情感世界和生存氛围。"送路灯"的风俗是为新逝的亡人引路，让亡灵早早投生，少受孤魂漂荡之苦，全家族甚至全村人夜里打着灯笼火，郑重其事，满怀虔敬。

> 一人提一灯笼，看得见的，既不是人也不是灯，是比萤火虫大的光，沿着一条线动，……提灯者有大人，有小孩，有高的，也有矮的。②

——《桥·"送路灯"》

---

① 孔范今：《论中国现代人文主义视域中的文学生成与发展》，《文学评论》，2006 年第 4 期。
② 废名：《竹林的故事》，广西师范大学出版社 2003 年版，第 218 页。

　　细细品味，不难感受到这宏大的民俗场景中乡民们会通幽冥古今的心灵的悸动，还有放猖。废名故乡到处都有五猖庙，猖神一共五个，在春秋佳日，常把他们放出去"猖"一下。"七月半放猖，人扮的活无常，真白，脚蹬草鞋，所以跟着大家走路他别无声响。"① 在这"人而鬼，鬼而人"的世界里，人际间现世的温情与欢悦，生命中内在期待与依托，为天灾人祸之下艰难求生的乡野村夫们带来了特殊的宗教关怀，对其生命中必须承受的伤痛无疑具有精神的抚慰、平衡以至保护、修复作用。

　　其二，民俗使世俗心灵圣洁化。即便是最寻常的生活物件，当它在仪式中被赋予了民俗的意义之后，便会获得引领心灵的独特功用。

　　　　他看了这蜡烛一眼，他是怎样地爱故乡，爱国，爱历史，而且爱儿童生活啊！因为他喜欢中国的蜡烛，他喜欢除夕之夜高高地点起蜡烛，儿时把他小小的心灵引得非常之高。②

　　还有桥、庙、塔、林、沙滩、河坝、绿柳、灯笼……"都有灵魂"，③ 因为民俗赋予了它们生命，它们便以超乎寻常的形式引领着俗世的灵魂向高处去。

　　其三，民俗使日常生活审美化。废名说，"莫须有先生丰富

---

　　① 废名：《竹林的故事》，广西师范大学出版社 2003 年版，第 220 页。
　　② 废名：《莫须有先生传》，广西师范大学出版社 2003 年版，第 293 页。
　　③ 废名：《莫须有先生传》，广西师范大学出版社 2003 年版，第 119 页。

的感情可以说是田间给的""一个人在这里苍茫四顾一下，地下比天上富丽得多，繁星远不如稻草的光芒切实了"。由于仪式、故事和传说伴随着田野中的四季轮回，所以，"稻场上是一篇史诗，芋田的收获则是一首情歌"①。正如废名所领悟的，倘若乡村的田野里只有犁的形状而没有用犁耕田的仪式，就像是渔民的生活中只有渔具的制造而没有捞鱼时所遵守的禁忌，那么，稻草将不会发出光芒，芋田也不会歌唱，乡土中人的劳作除了疲惫之外还能收获什么？恩格斯在论述民间故事书的作用时说过："民间故事书的使命是使农民在繁重的劳动之余，傍晚疲惫地回到家里时消遣解闷，振奋精神，得到慰藉，使他忘却劳累，把他那块贫瘠的田地变成芳香馥郁的花园。"② 民俗的功能何尝不是如此？在废名笔下，传说引领现实，仪式诗化人生，观音洒净的故事幻化成"一叶杨柳便是天下之春"的想象，"一盏明灯"的旧联，引出万紫千红与皓月当空。

其四，民俗使社会心理被净化。民俗"是一个民族集体创作的生活的抒情诗"③。由乡风民俗所激发的艺术创造，具有无与伦比的社会参与性，诸如年节喜庆等艺术行为，无论是创作者还是观赏者，或者说观赏者本身亦即创造者，在几乎全社会的共同参与下，调节着整个社会的神经，以独特的娱乐、宣泄、补偿的方

---

① 废名：《莫须有先生传》，广西师范大学出版社 2003 年版，第 243 页。
② 恩格斯：《德国的民间故事书》，《马克思恩格斯全集》第 41 卷，人民出版社 1985年版，第 14 页。
③ 汪曾祺：《〈大淖记事〉是怎样写出来的》，《汪曾祺文集·文论卷》，江苏文艺出版社 1993 年版，第 234 页。

式，使社会心理得以协调抚慰甚至提升。

《莫须有先生坐飞机以后》最兴致盎然的篇章是《停前看会》，倾城而动的民间盛会，乡人们肩相摩，踵相接，眉飞色舞，都来看会。乱世当中，这由全民参与共同营造的乐观积极、不屈不挠的精神氛围，令逃难之中的莫须有先生油然而生感慨："强敌自恃其现代文明，而他不知他深入中国，陷入泥淖，将无以自拔。"①

（三）童心美育：心灵教化功能

传说在乡土生活中占有重要位置，它参与了乡村价值体系和观念形态的塑造，由于儿童对于传说有着独特的想象和好奇，乡土传说中所蕴含的乡村社会世代传承的文化理念，无疑成为儿童意识成长和审美想象的重要来源。

> 史家奶奶、琴子两人坐在灯下谈天，尽是属于传说上的。②

无论是灯下坐着的狐狸精，还是滴泪成树的"千年矮"，不管是吓人又可爱的活无常，还是净瓶杨柳的观世音，乡村的传说润物无声地滋养着儿童纯真的心灵，激发着他们源远流长的审美

---

① 废名：《莫须有先生传》，广西师范大学出版社 2003 年版，第 114 页。
② 废名：《竹林的故事》，广西师范大学出版社 2003 年版，第 251 页。

想象。

迎神赛会上，莫须有先生的一双儿女听到了"齷齪鬼"的故事与"过桥"的风俗。"齷齪鬼"瞽目而齷齪至极，在一年一度的迎神赛会上，由一瞎子叫花子扮演，浑身尘垢却相貌从容。"过桥"则是在青草地上临时架木桥，代表地狱的奈何桥，老太太们过了黄梅县东岳庙山上的桥，则死后可免过奈何桥。于是，过桥时人山人海，争先恐后，"大有力者便把老母亲抢在背上跑过去了，殊为天真可爱"。"这两个故事，纯喜欢'齷齪鬼'，慈喜欢'过桥'。"① 儿童的喜欢显然已经超出了故事与风俗本身的含义，加入了他们各自不同的审美想象。

除了传说，岁时节日所上演的民间狂欢，也被废名视为最鲜活、最生动的美育方式。在《莫须有先生坐飞机以后》中，废名称自己做小孩子时，最大的欢喜是看放猖、看戏、看会、看龙灯，这些民间活动乃是艺术与宗教合而为一，与小孩子的心理十分调和，因而也是最理想的儿童美育形式。废名甚至现身说法，"中学教育抵得当年五祖寺具有教育的意义吗？那是宗教，是艺术，是历史，影响于此乡的莫须有先生甚巨"②。

艺术、人生、宗教三位一体，正是废名最理想的审美教育模式，这种将日常生活场景上升为艺术与宗教的民俗艺术，于儿童心智成长功莫大焉。即使在乱世之中，莫须有先生的一双儿女从五祖寺花桥的鼓吹与歌唱中，体验到了艺术和宗教感，取得了大

---

① 废名：《莫须有先生传》，广西师范大学出版社 2003 年版，第 220 页。
② 废名：《莫须有先生传》，广西师范大学出版社 2003 年版，第 315 页。

喜悦，忘却了逃难的处境，获得温暖稳定的感觉。

从北大教员到乡村教师，《莫须有先生坐飞机以后》充满了废名对中国社会教育理念的反思。他认为无论是私塾中的四书五经，还是学堂里的科学理性，都比不上迎神赛会的锣鼓，它虔诚郑重的仪式，全民参与的热情，简单尽情的表演，最能代表乡下人的欢喜与天真，也最能激发儿童的快乐与想象。

> 背景是在野外，五个猖神，一个领带。百千万看客，拼命地跑，锣声震天地。①

"放猖"的仪式上，出色的"大头宾"，"以杖叩其胫"的"土地佬"，还有"涂了甚重的粉脸，眉毛则甚黑，两唇亦甚红，穿了草鞋、白布衣，大步，而如时间不够似的，要赶快走"的"活无常"，除了这鲜活可爱的民间艺术，"中国的文章里头很少有这样幽默空气了"②。于是，废名要他的学生向民俗学习，学习真诚而写实的表达，学习那惊天地泣鬼神的想象。

> 他们不说话，他们已经同我们隔得很远，他们显得是神，我们是人……可以淘气，可以嬉笑着逗他们，逗得他们说话，……我则跟在后面喝彩。其实是心里羡慕，这时是羡慕天地间惟一的自由似的。羡慕他们跑，羡慕他们的花脸，羡

---

① 废名：《莫须有先生传》，广西师范大学出版社 2003 年版，第 202 页。
② 废名：《莫须有先生传》，广西师范大学出版社 2003 年版，第 209 页。

慕他们的叉响。……我的世界热闹极了。

到了第二天，遇见昨天的猖兵时，我每每把他从头至脚打量一番，仿佛一朵花已经谢了，他的奇迹都到哪里去了呢？尤其是看着他说话，他说话的语言太是贫穷了，远不如不说话。①

除了将神与人、想象与现实、艺术与宗教合而为一的民俗，谁能赐予孩子如此丰富的欢娱，如此神奇的想象？的确，"风俗中保留一个民族的常绿的童心"，"风俗使一个民族永不衰老"②。

（四）精神归依：文化认同功能

1937 年，废名挈妇将雏避难故乡黄梅，很快，故乡的风物礼俗便让这位京城里的新文学家重新获得了生命的归属感，"莫须有先生这回避寇难犹如归家"③，"停前去看会，一家人，衣装整齐清洁，杂在成群结队的农家老少男女之中，甚是调和"④。战争可以阻断交通却不能阻隔将一个民族凝聚在一起的文化认同力量，那是他们的命脉所系，是他们与家族乡邻共同的文化标识。作为一种不断被后代复制的文化传承，民俗保持着整个社会的连续性

---

① 废名：《莫须有先生传》，广西师范大学出版社 2003 年版，第 201 页。
② 汪曾祺：《谈谈风俗画》，《汪曾祺文集·文论卷》，江苏文艺出版社 1993 年版，第 61 页。
③ 废名：《莫须有先生传》，广西师范大学出版社 2003 年版，第 332 页。
④ 废名：《莫须有先生传》，广西师范大学出版社 2003 年版，第 205 页。

和个体生命的归属感。在历经了欧风美雨的洗礼和传统文化的批判之后，废名重返民间，很快便融入其中。毋庸置疑，这原本就是他生命的根本所系，任何力量都不能将其连根拔出的。

作为民族感情的重要组成部分，风俗之于个体生命而言，首先无法割舍的便是故乡的食物。莫须有先生"最爱吃黄梅县的土物"，去乡的日子，它们是他心神向往的"相思子"，返乡归来，它们是他最大的心满意足。"吃一片糖粑"，在莫须有先生看来是有所为而为的，因为，它代表黄梅县的乡土味，也代表自己童年的乡土味。还有卖油豆干的，卖油果的，"每逢出会演戏，在会场上戏台上买东西吃，可谓雅俗共赏，便是孔夫子也要三月不知肉味了"①。

民俗给了人们自我认同的社会标识，确认着个体生命的源头指向，也维系着群体社会的稳定发展。在保持群体成员的向心力与凝聚力方面，民俗当中的民间信仰有着无与伦比的巨大能量，它以仪式和禁忌的方式，决定着自我在群体中的存在价值。在黄梅的传统习俗中，礼佛是乡村信仰的重要形式。废名早年就生活在佛教氛围中，"五祖寺是我小时候所想去的地方，在大人从四祖、五祖带了喇叭、木鱼给我们的时候，幼稚的心灵，四祖寺、五祖寺真是心向往之"②。重返故里，四祖寺、五祖寺又成为废名教导儿女、教育学生的天然讲堂。用写实的文字写自己的习俗与信仰，是教国语的废名先生一直不断的努力。他说，学生们"能

---

① 废名：《莫须有先生传》，广西师范大学出版社 2003 年版，第 211 页。
② 废名：《五祖寺》，止庵：《废名文集》，东方出版社 2000 年版，第 225 页。

将《放猖》《送油》写在纸上，国语教育可算成功了"①。因为这是"我们"这一族群的共同标识，是我们活着和死去都必须参与的生命仪式。废名小说多写祭祀礼俗，这与他最终认定儒家乃是中国人的宗教有关。所谓落叶归根，民俗造就了群体生命的根脉所系。在生命的尽头，有多少去乡者渴望的只不过是故乡的一抔黄土，在祭祖的供奉里，有多少缅怀者呈上的也不过是家乡最寻常的食物，正是在这风俗传承中的精神记忆里，有着一代又一代人回家的路标。风俗是民间生活、传统习惯、生存方式的延续，是意义的载体，甚至就是意义本身。乡土世界的深层意蕴就在风俗、传说、宗教的世界中，它们维系着乡土世界的自足和恒常感以及与过去世代的连续感。

在废名的文学视界里，农村和农民是中国古老风俗的创制者和传承者，乡风民俗具有无比丰富的历史内容和生命内涵，它们沉潜于民族历史的皱褶之中，弥散在乡村民众的气息之间。这种民间文化形态以持久坚韧而又诗意盎然的方式，规范支配着乡土中人自然淳朴的生命气质和人生形式，也成为他们行为的心理渊源和价值向导。正是在这样的审美观照之下，废名的乡土小说在20世纪中国乡村文学的叙事中，散发出与众不同的独特魅力。与之形成鲜明对比的是，在20世纪初所形成的现代启蒙理性语境中，风俗一直被视为封建文化戕害中国农村和农民的罪恶魁首而成为被控诉与挞伐的对象。事实上，这只是乡风民俗复杂内涵的一个侧面，在中国农民现实的生存语境里，风俗亦是农民和农村

---

① 废名：《莫须有先生传》，广西师范大学出版社2003年版，第198页。

社会乃至一个民族赖以生存的精神文化力量，即如茅盾在《新文学研究者的责任与努力》一文中所指出的，"我相信一个民族既有了几千年的历史，他的民族性里一定藏着善美的特点；把它发挥光大起来，是该民族义不容辞的神圣的职任"①。风俗是文化沉积的标记，人类以此追寻自己的文化根脉。对乡村中国民间风俗的复杂内涵及其社会功能的深入挖掘，不仅显示出乡村民间文化形态对于乡村人物精神世界多方面、多层次的制约与塑造，更将民间文化之于乡村中国的意义价值全面呈现出来，废名小说的民俗文化观也因此具有了独特的审美价值和社会学意义。

---

① 茅盾：《新文学研究者的责任与努力》，《小说月报》1921 年第 12 卷第 2 号。

结　语

废名的意义

　　废名思想的学术研讨其目标指向乃是对废名文学创作的审美判断。这个判断曾困惑了人们半个多世纪。20 世纪 30 年代，评论家刘西渭（李健吾）曾说：“在现存的中国文艺作家里面，没有一位更像废名先生引我好奇”，“每次想到废名先生，一个那样和广大读众无缘的小说作家，我问自己，是否真就和海岛一样孤绝。”[①] 21 世纪，当我们再次发出这样的诘问时，有一个回答令我们沉思良久——“没有谁是个独立的岛屿，每个人都是大陆的一片土，整体的一部分。大海如把一个土块冲走，欧洲就小了一块，就像海峡缺了一块，就像你朋友或你自己的田庄缺了一块一样。每个人的死都等于减去我的一部分。因为我是包括在人类之中。因此不必派人打听丧钟为谁而敲，它是为你敲的”[②]。16 世纪末英国玄学派诗人约翰·多恩这段著名的布道，其中所包含的生命

[①] 李健吾：《〈画梦录〉——何其芳先生作》，《咀华集·咀华二集》，复旦大学出版社 2005 年版，第 84 页。

[②] 转引自杨周翰：《十七世纪英国文学》，北京大学出版社 1985 年版，第 109～110 页。

整体意识和深厚的人文主义情怀，正是我们理解废名的边缘视域
对于 20 世纪中国文学的价值意义的立足点。

　　"任何一个人在文学上的价值都不是由他自己决定的，而只
是同整体的比较当中决定的。"① 20 世纪中国历史文化的整体走
向无疑是现代性不断激化的过程，围绕着历史变革的主导线索构
建而成的文学景观，百年来一直占据着文坛中心。这种文学以对
主导性历史变革意义的阐释为己任，力求在与历史进步意义的同
构中实现自身价值。与此同时，对历史现代性持质疑态度，表现
为现代人文主义倾向的文学观念和创作，则构成了另一种别具风
采的文学景观，它们以一种补充、协调的方式与主流文学一起共
同丰富着 20 世纪中国文学的发展。在此现代人文视域之下，作为
曾经被逐出文学史视野的客观存在，废名当以无可辩驳的价值回
归"整体"——废名的意义不仅在他的文学活动的当时，也不仅
在 20 世纪中国文学的书写中，他用"梦中彩笔"所传承的现代
人文主义精神，将使他成为中国现代思想史和文学史上不可或缺
的一笔。

---

① 　恩格斯：《评亚历山大·荣克的〈德国现代文学史讲义〉》，《马克思恩格斯全集》
　　第 1 卷，人民出版社 1979 年版，第 523～524 页。

一、文学传承中的废名

（一）承六朝文脉

新文学史上，废名对六朝文和晚唐诗的推重几乎是不留余地的。废名在《三竿两竿》一文中称：

中国文章，以六朝人文章为最不可及。我尝同朋友们戏言，如果要我打赌的话，乃所愿学则学六朝文。我知道这种文章是学不了的，只是表示我爱好六朝文，我确信不疑六朝文的好处。六朝文不可学，六朝文的生命还是不断的生长着，诗有盛唐，词至南宋，俱系六朝文的命脉也……①

对魏晋六朝文章的看重，是清末以降渐成气候的一股思潮，力持三国两晋文为雅唐宋文为俗之见的章太炎，以对三国两晋思想学术文章的重估，在清末以降的魏晋文复兴思潮中别开生面，经由章门弟子如鲁迅等人的中介，对新文学多有启导之功。② 废名对六朝文的偏嗜直接得益于周作人对六朝散文的发掘和宣传，

---

① 废名：《三竿两竿》，止庵：《废名文集》，东方出版社 2000 年版，第 174 页。
② 李振声：《作为新文学思想资源的章太炎》，《书屋》2001 年第 7、8 合刊。

周作人意在将新文学的源流再度上推到六朝。他在《中国新文学的源流》中已隐略提到了六朝散文的魅力，在《近代散文钞》序中也写道："正宗派论文高则秦汉，低则唐末，滔滔者天下皆是，以我旁门外道的目光来看，倒还是上有六朝下有明朝吧……"①几乎同时，他在北大开出"六朝散文"课程。

但是，值得注意的是，在对六朝文脉的发掘与传承中，近现代有思想大家章太炎、文学史家刘师培、新文学作家周作人等，但是真正将六朝文风浸入到自己的文学笔墨当中，在最见性情的文学的书写中，亲近六朝、感悟六朝者，废名恐怕是独树一帜的一位。毕竟，学术上的推举与文字间的浸淫是并不相同的。

　　　　读庾信文章，觉得中国文字真可以写好些美丽的东西，"草无忘忧之意，花无长乐之心"，"霜随柳白，月逐坟圆"，都令我喜悦。"月逐坟圆"这一句，我直觉的感得中国难得有第二人这么写……求之六朝岂易得，去矣千秋不足论也。②

难怪朱光潜感叹："话说到这样，我们看他的文字中有六朝、晚唐、南宋的影子是很自然的。"③ 在他人的印象中，废名素来"畸行独往"，趣味落落寡合。但是，在文学的世界里，废名的内心却从不孤独，这不仅仅因为他的文章深得周作人的"同情之理

---

① 周作人：《近代散文钞·序》，沈启无：《近代散文抄》，东方出版社 2005 年版。
② 废名：《中国文章》，止庵：《废名文集》，东方出版社 2000 年版，第 191 页。
③ 朱光潜：《我是梦中传彩笔——废名略识》，《读书》1990 年第 10 期。

解"，更是由于他在六朝文中发现了文学之美的标尺，在文学的同道中，"秋心的散文是我们新文学当中的六朝文，这是一个自然的生长，我们所欣羡不来学不来的，……玲珑多态，繁华足媚，其芜杂亦相当，其深厚也正是六朝文章所特有"①，堪称"白话文学里头的庾信"②；朱英诞的作品让他获得了"乐莫乐兮新相知"，"是个垃圾成个堆"③ 的快感，而自己的诗书文章距六朝古人之文心亦不远也。所以，当有学者在梳理章太炎对于新文学的意义时特别指出，废名之于六朝文脉的价值是不容忽略的——"如果我们不想犯数典忘祖的毛病，则不妨将废名列在对清末民初魏晋六朝文风复兴运动起有重要作用的章太炎的再传弟子的名册里。正因为是再传，差异和离谱的地方，自然也就更多一些。"④ 而废名在六朝文脉的传承中与那些思想家、文学史家和文学家们最大的不同，恐怕正在于他的"六朝"是在他的骨子里、性情中，与他的佛教信仰、美学趣味和文学表达一脉贯通。所以曾有学者在论及废名的诗论及其佛教美学观时指出，在很大程度上，废名的佛教美学观，"与中国中古——主要是唐代——的佛教观念'变'中所隐含的，是一致的。但是，可能在对唐代的先例一无所知的情况下，在经过了几个世纪的遗忘和缺乏理解之后，他不但独立地将这种美学观复活了，而且，还注入了更多理论上的精密和一

---

① 废名：《〈泪与笑〉序》，止庵：《废名文集》，东方出版社 2000 年版，第 125 页。
② 废名：《谈用典故》，止庵：《废名文集》，东方出版社 2000 年版，第 280 页。
③ 废名：《〈小园集〉序》，《论新诗及其他》，辽宁教育出版社 1998 年版，第 213 页。
④ 李振声：《作为新文学思想资源的章太炎》，《书屋》2001 年第 7、8 合刊。

种绝对现代的适用性"①。这一论断或许也可以用来理解废名在中国文学的六朝文脉的历史传承中的独特价值——只不过，这一次，废名是主动地认知，自觉地亲和，在自己的性情和文字中，延展着六朝的文思和情韵。

（二）传梦中彩笔

废名与李商隐的文学渊源是一个贯通文学史的有趣话题。周作人第一个将废名的作品与晚唐温李诗歌相联系，称"《桥》的文章仿佛是一首一首温李诗，又像是一幅一幅淡彩的描画……"②为此，专事李商隐研究的学者董乃斌撰写《废名作品的文学渊源——以与李商隐的关系为中心》一文，指出这话说得既明白又矛盾，在文学史上，温庭筠和李商隐的诗向来以秾艳华丽著称，论色彩清淡，唐诗中要数王维、孟浩然一派。废名小说既像温李诗，怎么又会是"一幅一幅淡彩的描画"呢？董乃斌认为，周作人对废名小说与温李诗有相似相通之处的评价，应该是不在外观而在肌理精髓，即不在形似而在神通，此言颇有见地。遗憾的是，在此神似的考察中，董乃斌的研究显然更熟悉李商隐，对废名内在精神的把握以及废名对李商隐的内在继承性之探寻则有待于专事废名研究的学者进一步深入。

---

① 刘皓明：《废名的表现诗学：梦、奇思、幻与阿赖耶识》，《新诗评论》（第二辑），北京大学出版社 2005 年版。

② 周作人：《桥》，《书房一角》，河北教育出版社 2002 年版，第 248 页。

近年来，文学史贯通古今的观念渐入人心，自孔范今先生在《二十世纪中国文学史》中打通了近现代文学之后，既有现代文学学者侧重从现代文学方面论述其与古典文学的深刻联系，亦有古代文学学者从古典文学方面研究中国文学的古今演变，废名对李商隐的继承是一个古今贯通的典范。古今通识，不仅为废名研究开拓了广阔空间，同时为贯通中国文学的历史文脉提供了有价值的研究个案，其意义远远不限于废名研究本身。

更何况，这一文脉远未完结。朱光潜说，废名"似乎是李商隐以后，现代能找到的第一个朦胧派罢"①。"沈从文、何其芳、汪曾祺都受过影响，或者还可以顺便扯到林斤澜、何立伟等等，这倒真有'欲书花叶寄朝云'的意味，使人想到废名的那支'彩笔'。"② 显然，在这一脉相传中，废名那支从李商隐的梦中传来的彩笔，并未只留在自己的梦里，它寄予了何处，传给了何人？这中间的生生不息正是文学史代代相传的永恒话题。

更值得探究的是，北大外文系出身的废名，其艺术修养是在中国传统文化的熏染中憧憬世界文明之光，在对世界文学大师的品鉴中回味中国传统文学之美，所以他可以这样由衷地自我剖白："我喜欢庾信诗赋是从喜欢莎士比亚来的，我觉得庾信诗赋的表现方法同莎士比亚戏剧的表现方法是一样的。"唐弢也可以这样由衷地赞叹："近人好波特莱尔者甚多，常见试译，以其难也，

---

① 朱光潜：《我是梦中传彩笔——废名略识》，《读书》1990 年第 10 期。
② 朱光潜：《我是梦中传彩笔——废名略识》，《读书》1990 年第 10 期。

终未获睹佳构，冯文炳所译，虽只此一篇，实为了诸译之冠。"①
正是这种世界的、文化的、审美的目光，让我们得以理解为什么
"从外国文学学会了写小说"之后，废名可以遽然转身，回归到
中国文学之古典传统——中国的传统中有世界的现代；同样也
不难理解为什么废名要称李商隐是"中国绝无而仅有的一个诗
品"，而"温李"之外，"苏陆黄辛"亦是"缺少诗的感
觉"——世界的、文化的、审美的眼界让废名对中国文学传统
的选择极为挑剔。

朱英诞曾说，废名"这一个派别可以算是传统的，不过乃就
灵魂的接引上讲，不同于绝对的抱残守缺"②。在西学东渐的现代
化进程中，废名对莎士比亚的美学鉴赏、对堂·吉诃德的学习模
仿以及对波德莱尔的现代性解读，都是从这样一个传统的灵魂出
发，综合中外古今，熔铸古典现代，从而构成了莎士比亚与堂·
吉诃德东移过程中一种个性鲜明的典范。因此，仅从《莫须有先
生传》中找到堂·吉诃德和桑丘的影子还远远不够，废名的精神
气质、文化背景、思想理路、创作进向都将构成他面向世界、回
归传统、走向未来的重要元素——它将提示我们，文化移植以怎
样的方式才能长出自己的一片盎然生机。

---

① 唐弢：《晦庵书话》，生活·读书·新知三联书店 1998 年版，第 167 页。
② 转引自陈均：《废名圈、晚唐诗及另类现代性》，《新诗评论》2007 年第 2 辑，北京
大学出版社 2007 年版。

二、"废名圈"中的废名

说到废名的影响，人们很容易想到他"万寿宫，丁丁响"的语言风格。的确，语言是文学作品外在形式，而废名的文本也多因语言的简约晦涩而引人关注。但是，外化的一切终究要指向内在的文化素养、天才想象和美学情感。如朱光潜所言："语言或者美文后面，也许隐含着与道统、文统相异其趣的自由意志罢。""语言时尚的背后是文化的格局。""废名的文字像他的人，多空灵气，倒不一定是'做'出来的。"① 正是由于执着于语言背后的一切，朱光潜的目光穿透语言的表象，更加接近了废名作品的内在本质——

因注重疏脱的想象而突出了语言在文学表达中的地位。这同雕字琢句不一回事，同浪漫式的抒情也不一回事，他大抵只是在幻想，画他的幻想，也玩味，包括某些无法说清的东西，意义，于是便有空白，有不连续的跳动，有一种莫可名状的恍惚了。同时又带着一种氛围、空气……仿佛把书拿来就可以感到、嗅出。我觉得这是就文学语言本身来做努力的，同只借语言来抒情、表意有所区别。他似乎不仅仅把语言当成工具，语言也是我们存在的本体，文化的生成，不论

---

① 朱光潜:《我是梦中传彩笔——废名略识》,《读书》1990 年第 10 期。

是什么样的语言。而想象活动以至于非常规的表达把生活的神秘显现出一些来，让人感到那是一个完全的东西。①

废名的成就和影响是超乎文字之外的。也就是说，兼擅各种文体写作的废名并非只是在不同文体间制造文字的玄机，他深谙各体文学创作之道，懂得不同文体的审美差异，以不同的创作理念和精神气质，游走于小说、散文和诗歌之间，各有师承而又独创一格。如此深入，我们或许可以在更本质的意义上发现废名的文学影响。

(一) 小说之"废名风"

1935年鲁迅编《中国新文学大系·小说二集》，在导言中说："后来以'废名'出名的冯文炳，也是在《浅草》中略见一斑的作者，但并未显出他的特长来。在1925年出版的《竹林的故事》里，才见以冲淡为衣，而如著者所说，仍能'从他们当中理出我的哀愁'。可惜的是大约作者过于珍惜他有限的'哀愁'，不久就更加不欲像先前一般的闪露，于是从率直的读者看来，就只见其有意低徊，顾影自怜之态了。"② 这里"哀愁"显然不是一己的而是社会的，"率直的读者"也不是少数的而是大多数。在这里，鲁迅一方面以艺术的审美的眼光对废名的创作给予肯定，另一方

---

① 朱光潜：《我是梦中传彩笔——废名略识》，《读书》1990年第10期。
② 鲁迅：《中国新文学大系小说二集·导言》，上海文艺出版社2003年版。

面也从"率直的读者"角度强调了废名的局限。

而朱光潜却从另一方面看待废名的局限，他说"'直率'似乎是我们多年来更为习惯的一种阅读情境，从这一面去看，废名的短处明摆着"；但是，"若从另一面看呢？'低徊'、'顾影'也便意味创作个性上的一种'废名风'，又何妨树荫下闲坐时看其一枝一叶……"①

在此，朱光潜对小说创作的"废名风"给予了充分肯定，而且强调这种文风不是可以简单概括，轻易模仿的。"有人讲废名小说好在其'乡土文学'的一格，或'田园风味'如何，总像浮在表面的认识。进一层不如说，在废名那儿，梦的世界有意低徊：'我感不到人生如梦的真实，但感到梦的真实与美。'"②

透过废名的文字，朱光潜看到的是一个画梦者的美学理想和画梦人的生命样态——那冲淡简练的文字背后坐着一个"缺少'入世'的意态"的废名，"一个在树荫下打坐、幻想的废名，文有奇气而生活平淡朴讷的废名"。③ 这样的"废名风"在乡土田园的艺术风味里是怎样流播的，在诗化、散文化的小说家中是如何传承的？当人们包括汪曾祺本人都在强调他与沈从文的师承关系时，叶兆言却直言，汪曾祺的小说中更有废名的味道，并称"汪小说中努力想摆脱的，恰恰是老师沈从文的某种影响"④。事实上，无论是语言的精致、峭拔、险峻和喜欢使才，还是为人上狷

---

① 朱光潜：《"我是梦中传彩笔"——废名略识》，《读书》1990 年第 10 期。
② 朱光潜：《"我是梦中传彩笔"——废名略识》，《读书》1990 年第 10 期。
③ 朱光潜：《"我是梦中传彩笔"——废名略识》，《读书》1990 年第 10 期。
④ 叶兆言：《郴江幸自绕郴山》，《作家》2003 年第 2 期。

而不狂的名士气，汪曾祺骨子里与废名有更多的相通性，而废名"他根本上就和沈从文先生不一样……沈从文先生不是一个修士。他热情地崇拜美。在他艺术的制作里，他表现一段具体的生命，而这生命是美化了的，经过他的热情再现的。大多数人可以欣赏他的作品，因为他所涵有的理想，是人人可以接受，融化在各自的生命里的。但是废名先生的作品，一种具体化的抽象的意境，仅仅限于少数的读者"①。

废名、沈从文和汪曾祺都曾被指为"文体家"，他们在字斟句酌的文体创造中有过相近的艺术体悟。但是他们又同中有异，各怀奇才异禀，从前人的树荫中走出，独辟蹊径，自成天地，这或许才是文学影响和艺术传承的真正意义所在，也是文学大家最根本的相通之处。

（二）散文之"废名气"

"废名的笔墨多不合于狭义的小说，却近于广义的美文。《桥》的非连续性和'自语'性几乎走到文体更边缘的地方，神光离合，扑朔不定，非梦似梦。"② 废名的一部分小说确实是被当作散文读的，周作人编选的《中国新文学大系·散文一集》中所选的就是废名小说《桥》中的六节，但这并不表明废名在文体之

---

① 李健吾：《〈边城〉——沈从文先生作》，《咀华集·咀华二集》，复旦大学出版社2005年版，第26页。
② 朱光潜：《我是梦中传彩笔——废名略识》，《读书》，1990年第10期。

间不设边界，他在论及散文时曾说，"近人有以'隔'与'不隔'定诗之佳与不佳，此言论大约很有道理，若在散文恐不如此，散文之极致大约便是'隔'，这是一个自然的结果，学不到的，到此已不是一般文章的意义，人又乌从而有心去学乎?"①

废名认为，散文是心的自然，思想的声音，是一个人心性天然的流露。废名先生敏而好思，且有极高的文体驾驭能力，他在小说里呈现梦境，用诗歌来驰骋幻想，在散文中则表达哲思。废名的散文大多是品文论诗谈经说佛的随笔，周作人将废名的这部分创作划为一个独立时期——《人世间》时代和《明珠》时代，称这个时代废名的思想"最是圆满"，此后他便转入"神秘不可解的一路去了"②。因此，有研究者指出："没有这批散文，先前写《桥》和《莫须有先生传》的文学家废名与后来写《阿赖耶识论》的哲学家废名就接不上榫子。"③ 废名的散文是解读其思想转变的重要根据。同时，在中国现代随笔散文的历史流变中，其意义也有待于深入发掘。

中国现代随笔散文发端于西方 essay 之影响，五四时期的中国作家还较少有人真正理解 essay 的精髓。真正理解西方 essay 精神，又能将这一精神运用到创作之中，梁遇春当推第一人，而对梁遇春所作散文给出最中肯恰切之评价且被后人屡屡引述者，废名也堪称第一人。梁遇春的散文任意挥洒、自由呈现，在飞逸的

---

① 周作人:《中国新文学大系——散文一集》，上海文艺出版社 2003 年版。
② 周作人:《怀废名》，《周作人文集》第一集，中央广播电视出版社 1992 年版，第155 页。
③ 止庵:《废名文集·序》，《废名文集》，东方出版社 2000 年版。

思绪中思辨哲理，开人智慧。废名说："我知道他的文思如星珠串天，处处闪眼，然而没有一个线索，稍纵即逝。"① 废名与梁遇春是文心相通的，这个论断无疑隐含着废名对自己散文的同样要求——重哲理轻情趣。

　　然而，梁遇春的生命如春花般转瞬即逝，他的作品永远定格在一个青年人对世界和人生的思索与困惑。废名则带着对生命的执着叩问步入中年，他品《论语》、读佛经，出入儒佛，将对先哲智慧的领悟凝于笔端。与丰子恺的禅悟散文不同，废名谈佛论道的文章更偏于理性思辨而非现实生命的感悟。在文体表达上，他比欧化的梁遇春更靠近传统，比在中国小品文传统中谈禅说道的丰子恺更自由挥洒。从某种意义上说，废名的散文因其中西合璧的文化构成，暗合了现代随笔散文发展的基本走向——丰富的知识内容、舒放的自由结构和理性的思辨色彩。

　　废名的散文是文学家的哲思，哲学家的美文，其中的意趣并非《桥》的延续，它在废名的思想历程、文学创作以及中国散文的现代转型中都有着独特的意义，却因废名小说的著名而被忽略了。所以，当鲁迅称沙汀的作品有"废名气"，刘西渭说何其芳的散文有废名的意趣时，无论前者的贬还是后者的褒，所言说的其实都只是废名小说《桥》的旨趣延伸，而废名的随笔散文中所独有的"废名气"尚待深入开掘。

---

　　① 废名：《〈泪与笑〉序》，止庵：《废名文集》东方出版社2000年版，第125页。

（三）诗歌之"废名圈"

1940 年秋至 1941 年春，朱英诞在北京大学讲授新诗，此课承废名 30 年代中期未完成的新诗课程之延续，他将废名的新诗讲义从早期新诗一直延伸到了《现代》杂志。值得注意的是，在朱英诞的《现代诗讲稿》中，他提出了一个饶有趣味的说法——"废名及其 circle"，所指乃是废名及受其影响的诗人所构成的圈子或派别。据此线索，陈均在《废名圈、晚唐诗及另类现代性》①一文中，第一次提出"废名圈"的说法。他认为，在朱英诞的新诗讲义中，被纳入"废名圈"的诗人主要是程鹤西、沈启无，而这份名单还可以扩大到朱英诞、黄雨及一批受废名、朱英诞影响的诗人，或许还不同程度地关涉到林庚、南星、沈宝基、李景慈、李道静等人。而且，陈均还特别指出，这一流派形成于 30 年代，其活跃则是在 40 年代的沦陷区。这一时期，废名虽避难乡间，音讯不通，但其诗学上的影响却戏剧性地达到一个高峰——因其诗稿和新诗讲义稿存于沈启无、朱英诞及黄雨处，其诗及诗学的"出镜率"较之以前或者更高，而且还出现了对废名诗学的阐释并以其为标准的动向。正如李健吾所说，废名这位沉默的哲人，以其对新诗深刻的见解，"显示出一部分人对于诗的探索。……

---

① 陈均：《废名圈、晚唐诗及另类现代性》，《新诗评论》2007 年第 2 辑，北京大学出版社 2007 年版。

然而真正的成绩，却在几个努力写作，绝不发表主张的青年"①。"废名圈"的余绪，一直延伸至1948年。

更为有趣的是，就在废名和朱英诞淡出"废名圈"的同时，台湾诗坛上的"废名圈"却悄然蔓延。现代派诗人路易士（纪弦）将废名带到台湾，并予以高度评价，另一位诗人痖弦则宣称："废名的诗即使以今天最'前卫'的眼光来披阅，仍是第一流的，仍是最'现代的'。"他预测"透过系统整理和介绍，废名的身价可能愈来愈高"②。台湾诗人、诗史家王志健对废名诗歌也有如下论断：他的诗短而冷峭，看似难懂又深含人生哲学；机锋活泼有若寒山拾得，语言精要又似贾岛孟郊，乃是"以幽玄的笔法，表现禅机与理性世间的诗人"③。2007年，《废名诗集》在台湾出版，台北大学中文系主任赖贤宗等人策划了"现代诗与造型艺术联展——纪念废名"与"废名诗集新书发表会与艺文雅集"，并特约音乐家为废名诗作谱曲，以崇隆这位前辈诗人与学者对于当代文哲的贡献。

近年来，随着废名新诗研究渐成热点，"废名圈"重回北大——由北大中国新诗研究所主持的《新诗评论》陆续发掘了废名当年的同仁、学生如朱英诞等人的新诗创作及其诗论，并且提出"废名圈"所牵涉的已不仅是一个诗人的圈子和流派，它已延伸到对中国新诗之"传统与现代"的重审——正如张松建在

---

① 李健吾：《〈鱼目集〉——卞之琳先生作》，《咀华集·咀华二集》，复旦大学出版社2005年版，第61页。

② 痖弦：《禅趣诗人废名》，《中国新诗研究》，台湾洪范书店1981年版。

③ 王志健：《现代中国诗史》，台湾商务印书馆1975年版。

《"新传统的奠基石"——吴兴华、新诗、另类现代性》① 一文中
所指出的，对朱英诞及其同侪之新诗实践的发掘与研究，或许会
搅乱关于中国新诗之"现代性"的谱系及既定观念，而使中国新
诗史之面貌变得丰富和耐人寻味。

三、"知识分子"视野中的废名

　　如果没有抗日战争，废名的意义或许只在中国文学的历史书
写中。然而，历史不能假设，1937 年至 1946 年黄梅乡村的避难
生活，改写了废名作为新文学作家的人生轨迹，也重塑了废名的
人生价值。

　　1922 年至 1937 年，作为京城里的新文学作家，废名的生活
是在北大讲堂谈古论今，"苦雨斋"里诗书唱答，其精神家园中
"谈笑有鸿儒，往来无白丁"。而 1937 年至 1946 年，避战乱于黄
梅的废名，成为生活于社会底层的乡村知识分子。同样是现代文
学作家，同样是南行躲避战火，沈从文、朱自清等人进入西南联
大，依然过着知识分子颠沛流离的书卷生活，而废名却被彻底抛
入底层社会，他孤独一人回到黄梅，成为乡村小学教员。二十二
岁离乡，十五年后回归，废名在这十五年间，由一名向往新文化
运动的文学青年，成长为成就卓著的新文学作家，但是战火阻断

---

①　张松建：《"新传统的奠基石"——吴兴华、新诗、另类现代性》，《新诗评论》第
　　五辑，北京大学出版社。

了他在这个方向上的发展，他不得不割断与新文学发源地及其师友们的精神联络，转向战火离乱中衣食多忧、敌寇频扰、乡间跑反的底层生活。

十分可贵的是，战争中的流离和生活的窘迫没有摧毁废名作为现代知识分子的精神意志，十年避难成为他的二次重生。再回故土，废名落地生根，用全部的身心捧起了民间社会这本大书，他体会、品味、感受着中国乡村所蕴藏的真实的、巨大的民间力量，思考中华民族生生不息的根源所在。正是这样一种积极向上的思考状态，重新激活了废名早年在乡间所接受的儒学思想，这一次废名不是在书本里亲近《论语》，而是在乡土中国的真实语境中应答四书五经，感佩孔孟之道，思索中国千百年来不曾衰亡的根本力量——农民。

> 抗战期间我在农村间与一般农人相处有十年之久，深深知道中国的抗敌工作都是大多数的农民做的，当兵的是农民，纳粮的是农民。同时我知道救中国的还只有中国的圣人，便是五四运动所喊打倒的偶像，便是二帝三王，他们是中国农民的代表。中国是有希望的，因为中国的农民有最大有力量，他们向来是做民族复兴的工作的，历史上中国屡次亡于夷狄，而中国民族没有亡，便因为中国农民的力量。①

避难黄梅，非但没有割断废名与新文化运动的血脉联系，反

---

　　①　废名：《一个中国人民读了新民主主义论后欢喜的话》手稿，第4~5页。

而使他被新文化运动所启蒙的自由之思想，在中国社会最底层的乡村土壤中找到了最深厚的思想资源。这种面对现实、面向历史的思考，将废名由一个纸上画梦的文学家变成了一个忧国忧民的思想家，他的文学写作也由以情取胜转向以理取胜——"我现在只喜欢事实，不喜欢想象"①。被废名称为书写民间历史的《莫须有先生坐飞机以后》，单论其艺术价值，或许不能与《桥》相提并论，但其史学价值和思想意义却是无可替代的。

1946年，废名重返北大，此时他对自己是不是文学家已不在意。他最为欣喜的是，十年避难让他在中国乡村土地上悟出了两大真理：一是佛学真谛——人之生命的终极意义；二是儒学真谛——中国社会之存在的根本。特别是儒学思想之家国天下的超越性，使废名自然而然地完成了由心灵自我向家国天下的转变。他宣称乡下十年让自己懂得了中国农民，"在我懂得中国农民之后，我更爱中国了，我知道中国前途光明了"②。因此，当新中国成立之后，废名是满怀喜悦和希望走进新时代的，而不像某些旧知识分子那样经历了痛苦的心灵蜕变。也正是怀着对新中国的希望和热情，新中国成立之初，废名不惮以书生之见，抒写国盛民强之情怀，向时为国家领导人的董必武呈上了《一个中国人民读了新民主主义论后欢喜的话》手稿，将自己对民族精神、科学方法、儒家传统、科学与宗教、新中国的教育等问题的思考撰述成文，期望为新中国的光明前途尽一介书生的绵薄之力，拳拳

---

① 止庵：《废名文集》，东方出版社2000年版，第281页。
② 废名：《一个中国人民读了新民主主义论后欢喜的话》手稿，第79~80页。

报国之心可见一斑。

1987 年，余英时在为其古代知识分子研究论集新写的自序中指出：

> "知识分子"一词在西方是具有特殊涵义的，并不是泛指一切有"知识"的人。这种特殊涵义的"知识分子"首先必须是以某种知识技能为专业的人；他可以是教师、新闻工作者、律师、艺术家、文学家、工程师、科学家或任何其他行业的脑力劳动者。但是如果他的全部兴趣始终限于职业范围之内，那么他仍然没有具备"知识分子"的充足条件。根据西方学术界的一般理解，所谓"知识分子"，除了献身于专业工作以外，同时还必须深切地关怀着国家、社会以至世界上一切有关公共利害之事，而且这种关怀又必须是超越于个人的私利之上的。①

被战火逐出"象牙塔"后的废名，历经中国民间社会十年的重塑，已经在精神追求与思想境界上真正走出了"象牙之塔"。1946 年，他受聘北大国文系副教授，专业研究转向鲁迅、杜甫和儒家经典，在心怀天下的知识分子中发掘中华民族之精神传统。而其未公开发表的《一个中国人民读了新民主主义论后欢喜的话》手稿，更让我们看到，关于旧时代中国教育的弊端、新社会儒学传统的继承、科学与宗教并存以及中国农民之于中国社会的根性力量等

---

① 余英时：《士与中国文化·序》，《士与中国文化》，上海人民出版社 1987 年版。

问题的思考，废名的思想领域已拓展到国家之命运、民族之精神，其思想品质更接近西方所谓的"公共知识分子"了。

　　20 世纪是中国现代社会的重要转型期，废名以独特生命经历和人文姿态呼应着时代大潮的变幻——20 年代，他站在主流旁侧，不与时代为伍，以坚定的反进化论立场和反现代性叙事，撑起一片现代人文主义的文学天空；30 年代，他笃信佛学、回归传统，沉迷于中国新诗的现代性探索；40 年代，他作为被战争抛入社会底层的新文学作家，以倾心俯就的姿态省察民间历史、体恤民情民意、思索民族民生，主动完成了由新文学作家向公共知识分子的转变。在走向"公共知识分子"的生命历程中，废名以一个孤独的、边缘的、另类的存在，为我们提供了考察 20 世纪中国历史对现代知识分子思想品格和精神气质塑造的典型范例。废名的生命历程与其文学文本一样，在历史的时空中，散发着特异的迷人的光芒。

参考文献

一、废名作品及研究资料

废名：《竹林的故事》，南宁：广西师范大学出版社 2003 年版。

废名：《莫须有先生传》，南宁：广西师范大学出版社 2003 年版。

废名：《论新诗及其他》，沈阳：辽宁教育出版社 1998 年版。

废名：《阿赖耶识论》，沈阳：辽宁教育出版社 2000 年版。

废名：《废名诗集》，台北：新视图出版公司 2007 年版。

废名：《一个中国人民读了新民主主义论后欢喜的话》，手稿。

冯文炳：《冯文炳选集》，北京：人民文学出版社 1985 年版。

止庵：《废名文集》，北京：东方出版社 2000 年版。

林呐、徐柏荣、郑法清：《废名散文选集》，天津：百花文艺出版社 1990 年版。

陈建军、冯思纯：《废名讲诗》，华中师范大学出版社 2007

年版。

黄梅县政协教文卫文史资料委员会：《废名先生》，2003年版。

陈建军：《废名年谱》，武汉：华中师范大学出版社 2003年版。

吴晓东：《镜花水月的世界——废名〈桥〉的诗学研读》，南宁：广西教育出版社 2003 年版。

郭济访：《梦的真与美——废名》，石家庄：花山文艺出版社1992 年版。

陈振国：《冯文炳研究资料》，福州：海峡文艺出版社 1991年版。

二、文学史与文学理论

孔范今：《孔范今自选集》，济南：山东文艺出版社 2005年版。

孔范今：《中国现代新人文文学书系》，济南：山东文艺出版社 2005 年版。

孔范今：《二十世纪中国文学史》，济南：山东文艺出版社1997 年版。

孔范今：《中国现代文学补遗书系》，济南：明天出版社 1990年版。

黄万华：《中国与海外：20 世纪汉语文学史论》，天津：百花文艺出版社 2004 年版。

赵家壁：《中国新文学大系》，上海：良友图书印刷公司 1935 年版。

夏志清：《中国现代小说史》，刘绍铭译，香港：中文大学出版社 2001 年版。

夏志清：《新文学的传统》，北京：新星出版社 2005 年版。

司马长风：《中国新文学史》，台北：昭明出版社有限公司 1978 年版。

王德威：《想象中国的方法——历史、小说、叙事》，北京：三联书店 1998 年版。

王德威：《中国现代小说十讲》，上海：复旦大学出版社 2003 年版。

钱理群、温儒敏、吴福辉：《中国现代文学三十年》，北京：北京大学出版社 1998 年版。

钱理群：《对话与漫游——四十年代小说研读》，上海：上海文艺出版社 1999 年版。

钱理群：《精神的炼狱——中国现代文学从"五四"到抗战的历程》，南宁：广西教育出版社 1996 年版。

钱理群：《周作人研究二十一讲》，北京：中华书局 2004 年版。

洪子诚：《问题与方法》，北京：三联书店 2002 年版。

李欧梵：《徘徊在现代和后现代之间》，上海：读书·生活·新知三联书店 2000 年版。

李欧梵：《未完成的现代性》，北京：北京大学出版社 2005
年版。

旷新年：《现代文学与现代性》，上海：远东出版社 1998 年版。

张新颖：《20 世纪上半期中国文学的现代意识》，北京：三联
书店 2001 年版。

杨联芬：《晚晴至五四：中国文学现代性的发生》，北京：北
京大学出版社 2003 年版。

［日］木山英雄：《文学复古与文学革命》，北京：北京大学
出版社 2004 年版。

谭桂林：《20 世纪中国文学与佛学》，合肥：安徽教育出版社
1999 年版。

刘 勇：《中国现代作家的宗教文化情结》，北京：北京师范大
学出版社 2003 年版。

哈迎飞：《"五四"作家与佛教文化》，上海：读书·生活·
新知三联书店 2002 年版。

黄 键：《京派文学批评研究》，上海：读书·生活·新知三联
书店 2002 年版。

丁帆：《重回"五四"起跑线》，北京：人民文学出版社
2004 年版。

丁帆：《中国乡土小说史》，北京：北京大学出版社 2007
年版。

王晓明：《思想与文学之间》，北京：人民文学出版社 2004
年版。

杨义：《中国现代小说史》（上、下卷），北京：人民出版社1998年版。

杨义：《中国现代文学流派》，北京：人民文学出版社1998年版。

杨义：《京派海派研究》（图志本），北京：社会科学出版社2003年版。

高恒文：《京派文人：学院派的风采》，上海：上海教育出版社2000年版。

陈国恩：《20世纪中国文学与中外文化》，南京：长江文艺出版社2004年版。

解志熙：《美的偏至——中国现代唯美—颓废主义文学思潮研究》，上海：上海文艺出版社1997年版。

陈平原：《中国小说叙事模式的转变》，北京：北京大学出版社2003年版。

汪耀进：《意象批评》，成都：四川文艺出版社1989年版。

温儒敏：《中国现代文学批评史》，北京：北京大学出版社1993年10月版。

郑家建：《中国文学现代性的起源语境》，上海：读书·生活·新知三联书店2002年版。

逄增玉：《现代性与中国现代文学》，长春：东北师范大学出版社2001年版。

孙玉石：《中国现代主义诗潮史论》，北京：北京大学出版社2000年版。

沈卫威：《回眸"学衡派"——文化保守主义的现代命运》，北京：人民文学出版社1999年版。

王义军：《审美现代性的追求——论中国现代写意小说与小说中的写意性》，上海：上海文艺出版社2003年版。

陈平原：《二十世纪中国小说理论资料》，北京：北京大学出版社1997年版。

方锡德：《中国现代小说与文学传统》，北京：北京大学出版社1992年版。

吴士余：《中国文化与小说思维》上海：读书·生活·新知三联书店2000年版。

李欧梵：《未完成的现代性》，北京：北京大学出版社2005年版。

王振复：《中国美学的文脉历程》，成都：四川人民出版社2002年版。

杜道明：《中国古代审美文化考论》，北京：学苑出版社2003年版。

祁志祥：《似花非花——佛教美学观》，北京：宗教文化出版社2004年版。

孙昌武：《佛教与中国文学》，上海：上海人民出版社1988年版。

陈书良：《六朝烟水》，北京：现代出版社1990年版。

胡国瑞：《魏晋南北朝文学史》，上海：上海文艺出版社2004年版。

周裕锴：《中国禅宗与诗歌》，上海：上海人民出版社1992年版。

周裕锴：《文字禅与宋代诗学》，北京：高等教育出版社1998年版。

周裕锴：《禅宗语言》，杭州：浙江人民出版社1999年版。

徐复观：《中国艺术精神》，上海：华东师范大学出版社2004年版。

鲁迅：《鲁迅全集》北京：人民文学出版社2005年版。

周作人：《周作人文集》，北京：中央广播电视出版社1992年版。

汪曾祺：《汪曾祺全集》，北京：北京师范大学出版社1998年版。

梁漱溟：《梁漱溟全集》，济南：山东人民出版社1989年版。

三、文化思想史论著

方立天：《佛教哲学》，北京：中国人民大学出版社1991年版。

吕澂：《印度佛学源流略讲》，上海：上海人民出版社2005年版。

吕 澂：《中国佛学源流略讲》，北京：中华书局1991年版。

汤一介：《佛教与中国文化》，北京：佛教文化出版社1999年版。

麻天祥：《晚清佛学与近代社会思潮》，开封：河南大学出版社 2005 年版。

[日] 池田大作、木口胜义、志村荣一：《佛法与宇宙》，卞立强译，北京：经济日报出版社 1997 年版。

[法] 米歇尔·福柯：《疯癫与文明》，刘北成、杨远婴译，北京：三联书店 1999 年版。

[法] 让－弗朗索瓦·勒维尔、马蒂厄·里卡尔：《和尚与哲学家——佛教与西方思想的对话》，陆元昶译，南京：江苏人民出版社 2000 年版。

傅永聚、韩钟文：《20 世纪儒学研究大系》，北京：中华书局 2003 年版。

方克立：《现代新儒学辑要丛书》，北京：中国广播电视出版社 1992 年版。

刘明武：《呐喊之后的文化沉思——重新认识道器并重的中华元文化》，北京：新星出版社 2006 年版。

刘述先：《刘述先自选集》，济南：山东教育出版社 2007 年版。

[美] 杜维明：《论儒学的宗教性》，段德智译，武昌：武汉大学出版社 1999 年版。

[美] 列文森：《儒教中国及其现代命运》，郑大华译，北京：中国社会科学出版社 2000 年版。

[美] 郝大维、安乐哲：《通过孔子而思》，何金俐译，北京：北京大学出版社 2005 年版。

[英] 汤因比：《历史研究》，曹未丰译，上海：上海人民出

版社 1997 年版。

　　[英] 汤因比、厄本：《汤因比论汤因比——汤因比与厄本对话录》，王少如、沈晓红译，上海：上海三联书店 1989 年版。

　　[法] 马克·布洛赫：《历史学家的技艺》，张和声译，上海：上海社会科学院出版社 1992 年版。

　　王学典：《二十世纪后半期中国史学主潮》，济南：山东大学出版社 2000 年版。

　　费孝通：《乡土中国》，北京：北京出版社 2005 年版。

　　余英时：《文史传统与文化重建》，北京：三联书店 2004 年版。

　　余英时：《士与中国文化》，上海：上海人民出版社 1987 年版。

　　张君劢：《科学与人生观》，济南：山东人民出版社 1997 年版。

　　朱耀垠：《科学与人生观论战及其回声》，上海：上海科学技术文献出版社 1999 年版。

　　秦英君：《科学乎人文乎：中国近代以来文化取向之两难》，郑州：河南大学出版社 2005 年版。

　　盛宁：《人文困惑与反思——西方后现代主义思潮批判》，北京：三联书店 1997 年版。

　　冯友兰：《中国哲学史》，北京：中华书局 1961 年版。

　　牟宗三：《中国哲学十九讲》，上海：古籍出版社 1997 年版。

　　葛兆光：《中国思想史》，上海：复旦大学出版社 2001 年版。

　　李泽厚：《中国思想史论》（上、中、下），合肥：安徽教育出版社 1999 年版。

　　［英］阿伦·布洛克：《西方人文主义传统》，董乐山译，北京：三联书店 1997 年版。

　　［英］安东尼·吉登斯：《现代性的后果》，田禾译，南京：译林出版社 2002 年版。

　　罗荣渠：《从"西化"到现代化——五四以来有关中国的文化趋向和发展道路论争文选》，北京：北京大学出版社 1990 年版。

　　金耀基：《从传统到现代》，北京：中国人民大学出版社 1999 年版。

　　汤一介：《国故新知：中国传统文化的再诠释》，北京：北京大学出版社 1993 年版。

　　陈序经：《东西文化观》，北京：中国人民大学出版社 2004 年版。

　　辜鸿铭：《中国人的精神》，西安：陕西师范大学出版社 2007 年版。

　　方克立主编：《走向二十一世纪的中国文化》，太原：山西教育出版社 1999 年版。

　　吴兴勇：《论死生》，武汉：湖北人民出版社 2006 年版。

　　靳凤林：《死，而后生——死亡现象学视阈中的生存伦理》，北京：人民出版社 2005 年版。

　　王栻主编：《严复集》，北京：中华书局 1986 年版。

　　汤用彤：《汤用彤全集》，石家庄：河北人民出版社 2000 年版。

后 记

这本小书是在我的博士论文基础上修订完成的，可以算作我的求学经历的一个小结。

2003 年，我开始追随孔范今先生攻读现代文学博士学位。对我而言，现代文学并非只是教科书里印着的文字，那段渐行渐远的历史，在我的读书生涯中是鲜活而有暖意的。

1983 年，在山东大学公教楼 108 教室，青春洋溢的张华老师把五四新文学的青春面孔永远刻印在了我的文学记忆里，从此，为五四新文学所引领的青春，热切而真实地充盈着我的求学岁月。此后，在同一间教室，李景彬老师开设的选修课"鲁迅与周作人比较研究"，让我的现代文学情结由青春的心绪转入学术的沉思。20 年后，孔范今先生以开阔的学术胸襟和坦诚的生命哲思，让我懂得了，学术即人生。

博士生授课的教室是文史楼二楼的一间会议室，同窗伴读的是一张张青春年少的面孔。每次上课，我总是心怀惴惴，却又心向往之——向阳的南窗有阳光洒进来，窗外的石榴树上有鸟儿啁啾，鲁迅、沈从文、师陀、废名……在孔老师深厚的人文哲思和浓郁的曲阜口音中，那些熟悉或不熟悉的名字，从历史的涡流中矗立起来，鲜活起来——同样鲜活的，还有师生间热烈的讨论和孔老师朗朗的笑声。也许，过不了多久，这本小书和它承载的学术思考就会过时，但是，导师所传递的学术薪火和人生思考，会一直温暖我。

感谢孔范今先生在学术之路上的潜心引导，因材施教。作为博士论文，废名思想论只是废名研究的一部分，没有创作论相辅助，就无法构成完整的废名研究，这是导师孔范今先生所殷切期望的，也是本人今后所要努力的。

感谢施战军老师，同为孔门弟子，他的学术引领使我不得不在愧怍与汗颜中努力前行。同时，还要特别感谢武汉大学陈建军先生和湖北黄冈学者张吉兵先生，寂寞的学术之旅，一扇开启于互联网上的交流之窗，温暖了我许多清冷的岁月，更不必说张吉兵先生在学术资料上的倾囊相助，对学术成果的热切分享。感谢来自废名故乡的情谊！

感谢冯思纯先生惠借其先父废名的未刊手稿，感谢冯作先生代为传递其先祖父的大量资料。

2020 年 2 月
济南